개들의 전쟁

개들의 전쟁

정수남 중편소설

도화

차례

1

소문은 사실이었다. 모두가 소문으로 그치기를 바랐으나 아니었다. '주식회사 동영'은 여름이 다가오자 마치 소문을 지워버리기라도 하듯 정리해고자 명단을 발표했다. 정리해고자는 전체 직원의 절반이 넘었다. 명단이 발표되자 사원들은 먼저 자신의 이름부터 살피기에 바빴다. 명단에 오른 사원들의 한숨 소리와 함께 욕설이 곧이어 여기저기에서 터져 나왔다. 미주빌딩 5층에서 7층까지 쓰고 있는 본사가 갑자기 장례식장으로 변한 것 같은 느낌이었다.

소문은 비단 어제오늘 나돌던 게 아니었다. 음성 공장을 매각한다는 설이 나돌 때부터 떠돌던 소문이었다. 사실 그것은 재작년부터 재벌급 제지회사와 대형 제약회사가 동일 상품을 대량으로 생산하기 시작하면서부터 이미 예견된 일이나 다름없었다. 더구나 본사 재정부에서 금융을 비롯한 자금 업무를 총괄하던 백 차장이 회삿돈을 몰래 빼돌렸다가 발각되어 쇠고랑을 찬 뒤부터는 더 흉흉해졌다. 빼돌린 금액이 처음엔 이십팔 억이라고 했으나 올해 들어와서는 어느새 일백 억이 넘는다는 소문이었다. 그러니까 몇 달 전에 시행된 구조조정은 정리해고를 위한 전조인 셈이었다. 명예퇴직을 원하는 사원을 우대한다는 조건도 그것을 전제로 했다고 볼 수 있었다. 개 같은 세상…….

명단에 이름이 있다는 것을 확인한 순간, 나는 하늘이 갑자기 노랗게 보였다. 하늘도 노랗게 변할 수 있구나, 하는 것을 나는 처음 깨달았다. 이게 일방적으로 통고 하나로 쉽게 끝낼 수 있는 일인가. 이래도 된단 말인가. 10년 넘게 몸담았던 자리를 공고 한 장에 비우라니, 청천벽력이 아닐 수 없었다. 순간, 점보 롤이나 핸드타올, 냅킨, 미용티슈, 두루마리 화장지 등을 들고 할인 매장이나 기업체, 선물 코너 등을 땀 흘리며 동분서주하던 내 모습이 눈앞에 어른거렸다.

사실 약삭빠른 사원들은 구조조정이 발표되기 전부터 회사의 앞날을 점치면서 나름대로 살아갈 방법을 벌써 찾고 있었다고 봐야 했다. 정리해고를 예상한 몇몇 사원들은 자리를 지키기 위해 미리부터 상사에게 빌붙어 더욱더 충건 노릇을 했고, 또 몇몇은 일찌감치 명예퇴직자로 위로금과 퇴직금 등을 받고 자리를 떴으니까. 그렇게 보면 이번에 정리해고자 명단에 오른 사원들은 그들을 부러운 눈으로 바라

보면서 떠나고 싶어도 받아주는 곳이 없어 차
일피일 미루다가 급기야 오늘을 맞은 꼴이었
다. 그 가운데에서도 나는 후자에 속했다. 돌
아가는 상황을 미처 파악하지 못한 나는 설마
그런 사단이 있다고 창립된 지 40년이 넘은 제
조회사가 그렇듯 쉽게 문을 닫겠어, 하다가 벼
락을 맞은 셈이었다. 걱정하지 말고 자신이 맡
은 일만 충실히 하면 된다고 하던 공 이사의
호언장담을 단단히 믿었던 것도 한 몫을 차지
했다고 할 수 있었다. 그러나 게시판에 공고가
나붙자 나는 가슴을 칠 수밖에 없었다. 설마가
사람을 잡는다는 말은 사실이었다. 자리에 돌
아온 나는 나도 모르게 한숨이 터져 나왔다.
이제는 다섯 개 바퀴 가운데 하나가 빠져서 앉
을 때마다 기우뚱거리던 의자도 교체해 달라
고 거듭 요구할 필요가 없게 되었다. 또 매일
퇴근 전 작성하여 결재받던 영업활동일지도
더는 쓸 필요가 없게 된 셈이었다.

어떻게 해야 하나, 나는 난감했다. 더구나 쉰 살이 넘은 나이라면 경력사원은 몰라도 이력서 들고 눈치 보며 찾아다니기에는 이제 늦은 나이 아닌가. 순간, 실직이란 낱말이 눈앞을 스치면서 백수 신세로 방구석에 처박혀 아내의 눈총이나 받고 있을 추레한 내 몰골이 상상되었다.

그런 가운데에서도 정리해고를 당한 몇몇 명은 음성 공장으로 내려가자고 법석을 떨었다. 이게 가만히 있을 일이야! 그들의 말에 의하면 그곳에서도 난리가 난 모양이었다. 하긴, 갑자기 제품 생산을 중단하겠다는 건 근로자들에게는 사형선고나 다름없는 것인데 그들이라고 가만히 있을 리가 있겠는가.

나는 책상 위 컴퓨터와 책꽂이에 꽂혀있는 서류들은 그대로 놓아두기로 했다. 어제까지는 요긴하게 쓰인 것들이었으나 오늘부터는 하등 쓸모가 없는 것들이었다. 나는 가운데 서

랍을 열어 버릴 건 미련 없이 휴지통에 버리고, 챙길 건 상자에 담았다. 몇 년 전 친구가 보내준 『출세의 길』이란 책과 『위대한 장사꾼이 되려면』이란 경제 서적 두 권을 들고 어떻게 할까, 잠시 망설였으나 그것들도 상자에 함께 담았다. 딸이 어릴 때 아내와 함께 동해에 놀러 가서 바다를 배경으로 찍은 사진을 챙기던 나는 문득 칸막이가 되어 있는 영업1과 박 과장이 궁금하여 넘겨다보았다. 그도 입을 굳게 다문 채 나처럼 사물을 챙기고 있었다. 그렇다면 이제부터는 그와 판매실적을 놓고 암암리에 행하던 경쟁도 더는 할 필요가 없게 된 셈이었다. 그도 그것을 느낀 듯했다. 필요 없는 서류 뭉치를 휴지통에 던지다가 내 눈과 마주치자 쿡, 하고 한번 힘 빠진 웃음을 터뜨렸다. 그가 나를 향해 웃는 건 좀체 없는 일이었으나 나는 마주 웃을 수가 없었다. 그와의 싸움은 끝났다고 하지만 그것과는 차원이 다른,

더 힘들고 어려운 싸움이 나를 기다리고 있다는 것을 알기 때문이었다. 해고 소식을 들으면 아내는 뭐라고 할까. 나는 잠시 아내의 얼굴을 그려보았다. 아무리 궁리해도 변명할 구실이 떠오르지 않았다. 분명한 것은 머리 맞대고 앞날을 어찌할까 걱정하는 게 아니라 그 성미에 악다구니를 써가며 볶아댈 게 틀림없다는 사실이었다. 하지만 어쩔 수 없는 일이었다, 이제는. 이실직고하고, 처분이나 기다릴 수밖에는…….

사물을 상자에 담은 박 과장은 나에게 철야 농성하는 음성 공장의 생산직 근로자들과 합류하기 위해 내려갈 거라고 말했다. 나는 머릿짓으로, 알겠다고 대꾸했다. 잠시 뒤 그가 일어서자 따라 일어선 나는 사무실을 한 차례 휘둘러보았다. 그나마 다행스러운 것은 회사가 배려 차원에서 지급한 퇴직금과 위로금, 그리고 3개월분의 급료 등등, 생각보다 많은 금액이 통장에 입금된다는 사실이었다. 물론 그것 또한 법적으로 그어놓은 하한선이기는 하지만⋯⋯.

과장님은 어떻게 하실 거예요?

자리를 떠나지 않고 있던 영업2과의 심 대리가 자판기 커피를 홀짝거리며 내 자리로 건너와 물었다.

글쎄⋯⋯.

나는 대꾸를 미룬 채 사장실을 돌아다보았다. 불이 꺼진 사장실은 다른 때와 달리 조용했다.

저는 내일 박 과장님과 함께 내려갈 거예요. 우리가 뭘 잘못했습니까? 열심히 일한 죄밖에는 없지 않습니까? 근데, 왜 자기들 마음대로 문을 닫는 겁니까? 한마디 상의도 없이⋯⋯.

그건 그렇지.

다시 한숨을 길게 토해낸 뒤 내가 말을 이었다.

죄가 있다면 그 사람들이 하라는 대로 개처럼, 정말 열심히 뛴 죄밖에는 없지.

과장님도 그렇게 생각하시지요?

내가 머리를 끄덕거리자 자판기 커피를 비운 그가 종이컵을 구겨 휴지통에 던지면서 말을 이었다.

그러니까 과장님도 내일 아침 저희와 함께 내려가시지요? 그렇게 해주시면 지금 공장에서 밤을 새우며 농성하는 근로자들에게는 큰 힘이 될 겁니다. 이럴 땐 너나없이 한데 뭉쳐 사는 길을 찾아야 하는 것 아닙니까?

그러나 나는 그 말엔 쉽게 대꾸해줄 수가 없었다. 생각 같아서는 나도 당장 그들과 함께 농성 현장에 뛰어들어 경영자들을 타도하자고 외치고 싶었으나 아내가 마음에 걸렸다. 그런데 정말 이 사실을 아내에게는 어떻게 설명해야 할까. 몇 번 채근해도 내가 입을 열지 않자 그는 더 기다리지 않고 손을 내밀었다.

공장은 지금 난리예요. 여기하고는 완전히 달라요. 그렇지 않겠습니까? 그 사람들한테는 휴지 만드는 게 목숨줄이었으니까요.

함께 하지 못해서 미안하구먼.

나는 나도 모르게 한숨이 또 한차례 터져 나왔다.

그가 다시 물었다.

그래도 마음은 함께 하시는 거죠?

그야 여부가 있겠나.

숙였던 머리를 쳐든 나는 그를 똑바로 올려다보았다. 키가 유난히 큰 그가 마치 장승처럼 느껴졌다.

그렇다면 됐습니다. 오늘은 과장님 마음만 받아 갈게요. 나중에라도 여건이 되시면 꼭 내려오세요. 저희는 언제든지 과장님을 환영할 겁니다.

그래, 고맙네.

자주 연락하라고 하자 그는 입술을 깨물면

서 머리를 끄덕거렸다. 맞잡은 그의 손은 의외로 뜨겁고 힘이 있었다. 그는 더는 사무실에 미련이 없다는 듯 뒤도 돌아보지 않고 총총걸음으로 출입문을 빠져나갔다.

사물이라고 해봤자 몇 개 되지 않았다. 비닐봉지 두 개와 복사지 상자 하나가 전부였다. 그나마도 내버리고 싶은 것들이 대부분이었다. 출입문을 나서기 전 나는 사무실을 또 한차례 둘러보았다. 한숨 소리가 난무하던 사무실은 어느새 썰물이 한차례 쓸고 간 갯벌처럼 조용했다. 군데군데 의자가 넘어져 있고, 쌍뚱어같이 날뛰면서 법석을 떨던 해고 사원들이 버리고 간 쓰레기가 아무 데나 널려있어 지저분하고 어수선하기는 했으나 나는 이상스럽게 적요를 느꼈다. 여기에서 내가 10년 넘게 일상을 살아왔던 말인가. 그런데 무슨 일일까. 내 머릿속에는 그 일상이 하나도 기억나지 않았다.

내가 사무실을 나올 때까지 정리해고 명단에 오르지 않은 사원들의 얼굴은 찾아볼 수가 없었다. 인사도 나눌 틈을 주지 않고 모두 어딘가로 숨은 듯했다. 하긴, 그들이라고 해서 뱃속이 편할 리는 만무했다. 그래봤자 며칠 상관일 테니까……. 바깥에서 본 하늘빛은 여전히 노랬다.

2

개소리 때문에 살 수 없다고 잔소리를 늘어
놓던 아내는 실직 소식을 듣자 눈을 크게 뜨
고 팔짝팔짝, 뛰었다. 예상했던 대로였다. 뭐
가 어떻게 되었다고요? 아내는 믿지 못하겠다
는 듯 똑같은 질문을 여러 차례 반복했다. 나
는 그때마다 죄인처럼 고개를 떨군 채 어눌하
게 똑같은 설명을 반복했다. 회사가 문을 닫았
어. 그래서 지금 온통 난리야. 나만 그런 게 아
니라니까. 박 과장도 그렇고, 심 대리도 같은
신세야. 두 사람은 내일 음성으로 내려간대.
농성하러. 그러나 아내는 내 설명을 귀에 담고

있는 것 같지 않았다. 혀끝을 차며 나를 노려보던 아내는 날마다 출근하면서 그동안 그런 낌새도 눈치채지 못했냐는 것만을 붙들고 나를 바보 천치로 몰아세우고 있었다.

청맹과니 아니에요, 당신?

쏘아붙이는 아내의 말투는 거침이 없었다. 그래도 나는 예상과 달리 아내가 울고불고하지 않는 것만을 천만다행이라고 여겼다.

조금만 기다려봐. 결사 투쟁한다고, 모두 공장으로 몰려갔으니까 조만간 좋은 소식이 있을지도 몰라.

그걸 나보고 기대하라고요? 누굴 어린애로 알아요?

심 대리가 연락한다고 했어.

아내는 그러나 내 말엔 귀를 기울이지 않았다. 이번엔 해고되지 않은 사원이 몇 명이냐고 물었다. 나는 고개를 갸우뚱했다. 사실 그건 나도 잘 모르는 일이었다. 몇 명이 남았을까.

그런 걸 살필 겨를조차 없었다. 그러자 아내의 속사포는 더욱 거세어졌다. 나를 향해 계속 쏘아대던 아내의 비아냥이 잠시 중단된 것은 결국 위층에서 느닷없이 터져 나온 개소리 때문이었다. 잘됐네. 아주 잘 되었어. 이젠 저 윗집 개나 빨리 치워요. 내가 저 소리 때문에 아주 병이 더 도지게 생겼으니까.

그러나 그것은 정말 잠시에 지나지 않았다. 개소리가 멎자 벌침 같은 잔소리는 다시 이어졌다. 이번엔 앞으로의 대책 문제를 놓고 퍼부어대기 시작했다.

그래서 이젠 어떻게 할 작정인데요? 그냥 집에서 죽치고 놀고먹을 생각이라면 아예 꿈도 꾸지 말아요. 해고가 뭐야, 해고가……. 정말 지나가는 소가 다 웃겠네.

아내의 눈길을 피한 채 소리가 들린 위를 올려다보던 나는 그때 처음으로 거실 천정을 바른 벽지가 무지가 아니라 은색의 장미 무늬가 길게 이어져 있다는 것과 막대형광등 주변으로 모래알 같은 까만 파리똥이 많이 깔려 있다는 것을 알았다.

꼴 좋게 생겼네, 머리가 다 허옇게 센 사내가 이력서 써 들고 이제 다시 이집 저집 기웃거리게 생겼으니……. 아니, 그런데 저 개소리는 어떻게 할 거예요? 이대로 내버려 둘 거예요? 아이고, 내가 못 살아, 정말. 그거 하나 처리 못 하는 사람이 무언들 제대로 하겠어? 그러니 쫓겨났을밖에…….

내가 그를 처음 만난 것은 회사에서 해고되기 열흘 전 저녁이었다. 그러니까 주차장을 점거한 '행복한' 포장이사 탑차가 오전 내내 머물며 사다리로 짐을 나르고 난 다음 날 오후 시간대였다. 나는 그 짐들이 우리 집 바로 위층인 804호로 올라간다는 것을 알고 안도했다. 이유는 그곳에 살던 노부부가 아들네 집으로 들어간다고 이사한 후 며칠째 뭘 뜯어고치는지 오후 늦게까지 뚝딱거리는 망치 소리와 이가 갈릴 듯한 그라인더, 굴착기 소리로 귀가 아팠는데 이젠 그칠 게 분명했기 때문이다. 누가 입주하는데 요란을 떨까. 그동안 그 소리를 들으면서 사실 나는 이번에도 노부부처럼 부디 좋은 사람들이 입주하기를 은근히 기대했다. 아내의 기대는 나보다 더 컸다. 그것은 악성 빈혈증세로 한 달에 한 번씩 병원을 찾아가 진료와 처방전을 받아야 하는 아내가 오히려 며칠만 참으면 될 텐데 뭘 그래요, 하며 나를 다독거린 것만으로도 충분히 알 수 있었다. 우리는 귀를 막고 얼굴을 찡그리고도 그 보상을 새로 입주하는 사람들이 줄 것이라고 기대하며 웃곤 하였다. 그러나 막상 심 대리와 양 대리, 박 과장 등과의 약속 시간에 쫓겨 승강기에 오른 나는 먼저 탑승해 있던 804호 입주자와 마주치는 순간, 내 예상이 완전히 빗나갔다는 것을 직감했다. 입을 가리기는 했으나 쉬지 않고 가쁜 숨을 내뿜는 검은 개와 그 목줄을 움켜쥐고 있는 그를 본 순간, 나는 숨이 턱, 막혔다. 한 마디로 그는 프로레슬러라고 해도 과언이 아닐 정도로 크고 우람했다. 그것도 링 위에서 늘 악역을 천연덕스럽게 해대는……. 어림잡아도 일 미터 팔십 센티는 너끈히 넘을 것 같은 큰 키에 백 킬로그램도 더 나갈 것 같은 체구를 지닌 그는 내가 주춤거리며 승강기에 오르자 고개를 까딱, 했다. 아래층에 사세요? 저는 팔백사 호에 어제 이사 온 사람입니다. 마스크를 쓴 탓일까, 약간 쉰 듯한 목청으로 인사를 건네는 그를 올려다보던 나는 대꾸를 하고 싶어도 할 수가 없었다. 이유는 간단했다. 나를 내려다보는 그의 우락부락한 인상에 지레 겁을 먹은 탓도 있지만, '동물의 왕국'에서나 본 적 있는 늑대 같은 개가 핵핵거리면서 내 주위를 계속 어슬렁거리고 있기 때문이었다. 더구나 그가 입고 있는 폴로 빨간 티셔츠 바깥으로 드러난 팔뚝에 퍼렇게 새겨진 전갈 문양의 문신이 윤기 흐르는 개의 검은 털과 어우러져 정신까지 혼미하게 만들었다. 그러나 좁은 공간에 갇힌 나는 도망갈 곳을 찾을 수도 없었다.

사람을 겉모양으로 가름해서는 아니 된다고 하지만, 그날 나는 그를 처음 본 순간 그동안 마음속에 응어리졌던 시끄러움에 대한 항의는 커녕 눈살조차 찌푸릴 수가 없었다. 한 라인에서 사용하는 승강기가 한 대인 까닭에 싫어도 앞으로는 오르내리다가 자주 마주칠 텐데, 걱정이었다. 더구나 그 주인만큼이나 우람한 개가 바로 내 머리 위에서 뛰어다닌다는 것을 상상하면 소름이 돋을 지경이었다. 우리 두 사람의 대화는 거기에서 더 이어지지 않았다. 나는 그에게 이웃 사이에 통상적으로 나눌 수 있는 인사말, 일테면 환영한다든가, 어디 가느냐,

자주 보자는 등과 같은 겉수작도 건네지 못한 채 승강기에서 내리자마자 도망치듯 잰걸음을 놓았다. 비로소 숨통이 트이는 것 같았다. 그러나 그는 나와 다른 모습이었다. 개를 앞세우고 내린 그는 조금 전까지 같은 승강기에 탔던 나의 존재 따위는 벌써 잊었다는 듯 눈길도 주지 않은 채 공원 쪽을 향해 여유롭게 휘적휘적 걸어갔다.

아내는 내가 염려하던 대로였다. 그날 내 이야기를 듣고 난 아내는 갑자기 현기증이 일어나는 듯 머리를 감싸 쥐었다.

아파트에서도 그렇게 큰 개를 기를 수 있는 거예요? 그거 법에 걸리지 않아요?

그렇다고 뭐라고 할 수도 없겠더라니까. 덩치가 만만해야 말이지.

개요? 사람이요?

둘 다.

나는 혀끝을 차는 아내를 피해 창밖으로 시

선을 돌렸다. 다시 신트림이 올라왔다. 아무래도 동료들과 나눈 저녁 식사가 잘못된 듯했다. 주위를 맴돌던 그 개가 뇌리에서 떠나지 않아 먹는 둥 마는 둥 했는데도.

그날 심 대리는 회사 분위기가 뒤숭숭하다면서 아무래도 무슨 일이 있을 것 같다고 했다. 박 과장이 언제는 그렇지 않았냐고 반문하자 양 대리까지 가세하여 다른 때하고는 다르다며 거들었다. 두 사람은 이구동성으로 회사가 마치 시한폭탄 같다고 목소리를 높였다. 그때도 나는 겨자를 너무 많이 섞어 매운 양장피를 젓가락으로 헤집으면서 개를 떠올리고 있었다.

그럼 이제부터가 더 큰 문제 아녜요?

나는 머리를 끄덕거렸다. 좋은 이웃은 아니더라도 나쁜 이웃이 입주하지 않기를 은근히 바랐는데, 아내의 말대로 정말 큰일이 아닐 수 없었다.

개가 무섭게 생겼어요?

그렇다니까. 시커먼 것이 꼭 송아지만 해.

두 팔을 한껏 벌려 아내에게 개의 크기를 부풀려 나타내던 나는 문득 어린 시절 경자네 집 대문에 붙었던 '개 조심'이라고 쓴 문구가 떠올랐다. 그때 그 개는 사납기로 동네에서 유명했다. 한 번 짖으면 온몸에 소름이 돋을 정도였다. 그런 까닭에 그 집 앞을 지날 때면 어른과 아이 할 것 없이 동네 사람들은 모두 발뒤꿈치를 치켜세우고 걷기 일쑤였다. 더구나 나보다 한 살 어렸던 문철이가 대문 앞에서 멋모르고 얼쩐거리다가 물리는 걸 목격한 뒤로 아이들은 더욱 겁을 먹고 있었다. 그 개는 한번 짖기 시작하면 쉽사리 그치지도 않을 뿐 아니라 거쿨진 그 소리가 어찌나 크고 와살스러운지 동네가 다 떠나갈 정도여서 사람들은 귀를 막아야 했다. 그래서 우리는 그 개를 공깃돌 다루듯, 마음대로 다루는 경자까지도 무서워

했다. 그녀의 입에서 까불면 메리 풀어놓는다는, 한 마디가 떨어지면 찧고 까불다가도 모두 도망치기 일쑤였다. 그 개도 주둥이와 발목 쪽을 빼고는 모두 새카맸다. 그러나 얼마 뒤 그 개는 동네에서 자취를 찾아볼 수 없게 되었다. 소문으로는 경자 아버지가 보신한다고 개천가로 끌고 갔다고 했다.

아니나 다를까. 우리가 우려한 대로 그날부터 우리는 귀를 막고 살아야 했다. 간헐적으로 터지곤 하는 굉음 같은 그 소리는 한번 시작되면 두어 시간이 지나도 끝날 줄을 몰랐다. 한두 번 짖다가 말겠지, 했으나 아니었다. 거기에다 어찌나 크고 우렁찬지 한 번 짖기 시작하면 4동 모두 합쳐 560세대가 사는 작은 아파트 단지를 들었다 놨다 할 정도였다. 더욱 견디기 힘든 것은 그 소리가 한밤에도 예고 없이 터진다는 것이었다. 그런 까닭에 한여름이지만 우리는 창문조차 마음대로 열 수가 없었다. 그래도 프로레슬러 같은 그는 꿈쩍도 하지 않았다. 웬만하면 아래위층을 뛰어다니면서 손이 발이 되도록 양해를 구할 법도 한데, 코빼기도 볼 수 없었다.

조용하고 고즈넉한 단지였다. 도심에서 조금 벗어나 있고, 건축한 지 20년이 다 되어 조금 낡기는 하였으나 고층을 선호하는 요즘 추세와는 달리 12층으로 비교적 나지막하고 또 모두 똑같은 28평 면적인 까닭에 입주자들의 살림살이 또한 엇비슷해서 살기에도 편했다. 자기 소유라고 유난을 떠는 세대도 없었고, 또 전세나 월세라고 해서 기를 펴지 못하는 세대도 없었다. 거기에 산자락을 끼고 도는 산책로가 있는 공원이 이웃에 있고, 버스 정류장과 대형할인매장까지 가까이 있어 우리는 10년 넘게 살아도 불편한 점을 느끼지 못했다. 새로 조성된 이웃의 다른 단지보다 유독 노인네들이 많다고는 하지만 그것이 특별히 흠이 되지는 않는다고 생각했다. 그런 까닭에 오히려 더 평화롭고 조용하다고 느껴지는 것인지도 모를 일이었다. 다만 전철 역이 떨어져 있어 출근길이 불편하고, 인근의 20층짜리 신축 아파트와 비교할 때 가격대가 낮다는 게 조금 불만이긴 하지만 나는 아내의 말대로 오십이 넘은 나이에 이만한 아파트나마 건사하고 사는 것으로 만족했다. 더욱이 노부부처럼 입주한 지 꽤 된 이웃들과 서로 가깝게 지낼 수 있는 것도 애착을 갖게 하는 점이었다. 그 가운데에서도 특히 우리 집 아래층인 604호 미란이 할아버지와 4동 303호의 최 사장, 또 건너편 3동 808호에 사는 김 선생과 돈독한 사이가 되었다는 것은 무형의 힘이 되었다.

적어도 그가 개와 함께 입주하기 전까지는 그런 셈이었다.

3

컹, 컹, 커엉, 커엉, 컹!

아내와 함께 티브이 앞에 앉아 참외껍질을
벗기던 나는 그날도 그 소리에 소스라쳤다.
천정을 긁는, 날카로운 소리가 몇 번 들리더
니, 곧이어 뛰어다니는 육중한 소리가 쿵쾅쿵
쾅, 천정을 울렸다. 그리고는 요란스러운 소리
가 고막을 때리기 시작했다. 어디를 향해, 무
엇 때문에 짖는지는 알 수 없으나 그렇게 한번
터져 나오기 시작하면 우리 부부는 경기를 일
으키기 마련이었다. 두 손바닥으로 귀를 막아
도 소용이 없었다. 허락 없이 고막으로 파고들

기 시작한 그 소리는 무방비 상태인 내 심장을 무차별 요격했다. 또 시작되었네, 시작되었어. 아내는 그 소리가 들리자마자 울상을 지으며 서둘러 주방으로 도망쳤다. 나는 반쯤 깠던 참외를 내려놓고 티브이 볼륨을 한껏 높였다. 그렇게 하면 그 불협화음을 조금은 잡을 수 있는 상쇄 효과가 있다는 것을 알게 되었기 때문이다.

티브이에서는 마침 층간소음으로 시달리던 아래층 40대 남자가 위층의 60대 노인을 도끼로 살해했다는 뉴스가 흘러나오고 있었다. 여자 앵커는 아무리 그렇더라도 사람을 죽였다는 것은 현대인들이 분노를 조절할 줄 모르기 때문 아니겠느냐고, 말했다. 나는 머리를 끄덕거렸다. 그 40대 남자가 어떤 심정이었을까, 충분히 이해할 수 있었다. 오죽했으면 그랬겠는가. 사실, 나도 그 소리가 예고 없이 우리 집 안으로 파고들 때면 그 40대 남자처럼 당장 도

끼를 들고 뛰어 올라가 개와 프로레슬러의 머리통을 박살 내고 싶은 충동을 느끼곤 했다. 다만 하루에도 몇 번씩 그런 마음을 먹었다가도 그날 승강기에서 마주친 송아지만큼 큰 검은 개의 위협적인 눈초리와 혹시라도 놓칠세라 가죽 목줄을 움켜잡고 있던, 덩치가 내 두 배는 너끈히 될 것 같은 사내의 근육질 팔뚝이 떠오르면 선뜻 용기가 나지 않아 주저앉곤 했을 뿐이었다.

다른 방도를 찾아봐야지……. 그러나 아내는 그것이 불만이었다. 며칠째 허락도 없이 우리 집에 함부로 침범해서 휘젓곤 하는, 불한당 같은 그 소리를 들으면서도 왜 대책을 세우지 않느냐는, 불만의 소리를 스스럼없이 내뱉곤 했다. 나는 아내의 요구가 당연하다고 생각했다. 가뜩이나 혈액 안에 헤모글로빈 수치가 떨어져 빈혈 증상을 보이는 아내가 요즘 들어와 두통과 소화불량 증세까지 일으키고 있는 것은 순전히 그 소리 탓이라는 걸 부인할 수 없었다. 그렇다고 내가 아주 손을 놓고 있은 것은 아니었다. 동참하라는 해고 동료들의 전화가 빗발치는 가운데에서도 관리실에 달려가 몇 번 강력하게 민원을 제기도 하였고, 또 아내의 강요에 의한 것이기는 하지만 용감하게 위층에 올라가 초인종을 누르기도 했다. 그러나 그때마다 관리실은 알겠다는 대답만 주고는 감감무소식이었고, 위층은 인기척이 없기 일쑤였다.

관리실은 도대체 뭐 하는 곳이래요?

글쎄 말이야.

정말 뻔뻔해.

누가?

나는 대꾸하지 않는 아내의 얼굴을 한번 살피고는 시선을 돌렸다. 실직까지 당해 가뜩이나 힘든 판인데 엎친 데 덮친 꼴이었다. 사면초가에 빠진 항우가 충분히 이해되었다. 그것을 아주 근절시킬 방법은 없을까. 그 소리가 들릴 때마다 나는 방법을 궁리하기 시작했다. 두억시니 같은 그와 맞서 이기기 위해서는 시간이 좀 지체되더라도 천천히, 자근자근 계획을 세워 이성적으로 처리할 필요가 있었다. 아내의 채근에 밀려 감정을 앞세웠다가는 실패할 확률이 높을 뿐만 아니라 자칫하면 덤터기까지 쓸 수 있다고 판단했다.

왜 또 가만히 앉아있어요? 몇 번이고, 저 소리가 그칠 때까지, 계속 올라가서 따져야지요? 그러니까 회사에서도 밀려났지…….

알았어.

당신이 올라가기 싫으면 제가 가요?

아니야. 내가 다녀올게.

그럼 꾸물대지 말고 냉큼 일어나요.

아내는 나를 쏘아보며 손사래를 쳤다. 마스크를 챙겨 들고 현관문을 나설 때까지도 아내의 매서운 눈초리는 줄곧 내 등 뒤를 쫓아왔다.

나는 승강기를 버리고 계단을 택했다. 올라가면서 만약 그가 왈칵, 문을 열면 뭐라고 할까, 궁리할 시간을 벌기 위해서였다. '여보' 보다는 '여보세요'가 낫다고 생각했다가 머리를 가로저었다. 아무래도 첫마디는 '여보'로 가야 할 듯했다. 무슨 일이든지 기선제압이 중요하니까. 좋은 말로 될 것 같았으면 벌써 되지 않았겠는가. 804호 앞에 다다른 나는 숨을 한 차례 몰아쉬고는 어금니를 깨물었다. 빗발치는 아내의 성화가 아니더라도 어쨌든 이 사태를 끝내기 위해서는 그와 한번은 맞닥트리지 않으면 안 될 일이었다. 전갈 문신을 팔뚝에 새긴 그가 프로레슬러 같고, 송곳니 사이로 시뻘건 혓바닥을 내밀고 있는 그 큰 개가 사납고 두렵더라도 그것은 피할 수 없는 필연이라고 생각했다.

숨을 몇 차례 길게 뱉어낸 나는 힘차게 초인종을 눌렀다. 아니나 다를까. 컹, 컹, 커엉, 커

엉, 커어엉. 초인종을 누르자 출입문 앞까지 달려온 개가 문짝을 앞발로 세차게 긁으며 요란스레 짖기 시작했다. 가쁜 숨을 내쉬며 으르렁, 거리는 품이 만약 출입문이 잠겨 있지 않았다면 당장 뛰쳐나와 물어뜯을 기세였다. 전에도 경험한 적이 있어 그쯤은 이미 예상했으나 아주 가까이에서 그 소리를 듣게 되자 나는 다시 온몸에 소름이 돋았다. 그러나 개소리만 요란하게 들릴 뿐, 인기척은 들리지 않았다. 혹시나 해서 조심스럽게 몇 번 더 눌러보았으나 반응은 지난번과 똑같았다. 개만 남겨놓고 또, 모두 외출한 모양이었다. 뭐야, 빈집이야? 그렇다면 개가 제왕처럼 큰 소리로 단지를 들쑤셔놓을 적에도 그랬다는 것인가. 나는 갑자기 그렇듯 시끄럽게 짖는 개를 그냥 방치한 채 외출한 그들의 무책임에 분노가 치밀었다. 백차장이 회삿돈을 빼돌리는 것도 모르고 미팅 때마다 목표액을 달성하지 못한다고 영업부만

닦달하던 공 이사의 얼굴을 보는 것처럼 울분이 솟구쳤다. 그래도 지난번에는 말소리나마 들을 수는 있었다. 딱, 한 번이었지만 문도 열지 않고 인터폰으로 알았어요, 조심시킬게요, 하고 단답형으로 대꾸하던 여자의 음성이 떠오르자 나의 울분은 더욱 솟구쳤다. 어금니를 깨물었다. 정말 이대로 가만히 있을 수는 없는 일이었다. 반드시 근절시킬 방도를 찾아야 한다고 나는 계단을 내려오면서 다시 다짐했다.

딸과 통화를 하고 있던 아내는 내가 숨을 몰아쉬며 들어서자 눈을 동그랗게 뜨고 물었다.

뭐래요?

없어, 아무도.

비었단 말이에요?

그렇다니까. 개만 있어.

왜, 늘 집을 비울까요?

그걸 내가 어떻게 알아.

냉장고에서 물병을 꺼낸 나는 그것을 그대

로 들고 벌컥벌컥 마셨다. 나도 모르게 정수리에 땀이 돋았고, 목이 말랐다. 아내는 내 말을 믿지 못하겠다는 듯 눈살을 찌푸렸다.

그럼 관리실에 가서 또 항의하세요. 우는 아이 젖 먼저 준다고, 그래야 움직이는 척이라도 하지 않겠어요? 이렇게 계속 속수무책으로 살아야 한다면 정말이지, 제가 먼저 죽겠다니까요. 당신 아시잖아요? 내 몸이 지금 어떤 상태라는 걸…….

알았어.

알았으면 서두르세요. 그렇게 멍청이처럼 멀뚱멀뚱 서 있지만 말고…….

나를 위층으로 몰아내던 조금 전에 비하면 아내의 눈초리가 조금 풀어진 건 확실했다. 하지만 아주 누그러진 것은 아니어서 그때까지도 말씨에는 여전히 가시가 돋쳐있었다. 아내는 다시 딸과 통화를 계속했다.

……본래 둔하잖니, 네 아빠가. 민첩한 데

라고는 눈을 씻고 찾아보려고 해도 찾을 수 없는 게, 네 아빠잖아. 젊었을 때? 조그맣고 비쩍 말랐지만 그래도 그때는 남자가 가볍지 않고 진중하다고 생각했지. 그러니까 결혼하고 너를 낳지 않았겠어? 그런데 이건 아니지, 회사가 망할 때까지도 눈치채지 못하고 있다가 졸지에 당하다니, 이게 어디 말이나 되는 소리냐고? 그거? 그건 받았지, 그럼 그거까지 주지 않았다간 그 회사 정말 큰일 나지. 지금이 어떤 세상인데……. 그래, 앞으로가 문제야. 아직 나이가 있는데 집구석에서 놀고먹을 수는 없잖아? 그렇다고 쌓아놓은 재산이 있는 것도 아니고……. 기다리라고는 하는데, 기다리긴 뭘 기다려, 난 기대 내려놓았어. ……그럼, 그럼. 이게 벌써 몇 번째냐. 지겹지 않냐고? 그걸 말이라고 묻냐, 너는? 그래, 왜 안 지겹겠어. 지겨워도 징그럽게 지겹다, 눈 뜨면서부터 온종일 얼굴 보고 있다는 게. ……그래, 보면 모르냐.

아내의 말이 틀린 것은 아니었다. 경력사원으로 '동영'에 입사하기 전에도 같은 업종의 '승국주식회사'에 몇 년 있었고, 또 그곳에 들어가기 전에는 왕십리의 건자재 대리점에도 십여 년 몸을 담은 적이 있었다. 하지만 그나마도 이젠 끝이라는 자괴감이 자꾸만 나를 무겁게 눌러댔다.

물병을 식탁에 내려놓은 나는 딸과 통화하는 아내의 말소리를 귓등으로 흘리며 주방 조그만 유리창을 통해 바깥을 내다보았다. 창밖으로 보이는 하늘은 금방이라도 빗줄기를 흩뿌릴 듯 잔뜩 흐려있었다. 어쩌면 예보대로 늦은 장마가 정말 시작될 것 같기도 했다.

심 대리의 문자를 받은 것은 회사를 나온 뒤 일주일만이었다. 그는 잠시 만나자고 했다. 점심을 먹은 다음 회사 동료들과 자주 찾던 E 카페를 약속 장소로 정했다. 시간에 맞춰 카페 출입문을 밀고 들어간 나는 그의 얼굴에서 사태가 심상치 않다는 것은 금세 감지할 수 있었다. 아니나 다를까. 그는 내가 아이스아메리카노 컵을 다 비우기도 전에 본말을 꺼냈다. 아무래도 회사가 소문대로 대풍제약으로 넘어갈 것 같다는 것이었다. 그보다 나를 더욱 움츠리게 한 것은 그나마 생산직은 인수할 회사가 부분 선별할 예정이지만 관리직과 영업직은 모두세 사람, 즉 자신들의 사람으로 채울 거라는 소식이었다. 또 곧 2차 해고자 명단을 발표할 예정인데 거기엔 1차 정리해고 명단에서 빠졌던 사원들 가운데 몇 명만 제외하고는 모두 대상자가 될 거라는 것이었다.

정확해?

정확해요.

어디서 들었어?

저희라고 정보통이 없겠어요?

그럼, 어떻게 되는 거야, 우린?

뭐가 어떻게 돼요? 낙동강 오리알 신세가 되는 거지요.

나는 한숨을 길게 내쉬었다. 문제는 그뿐만이 아니었다. 그의 말에 의하면 그런 소문이 돌기 시작하자 농성 현장도 사분오열이 되어가고 있다는 것이었다. 그때까지 앞장섰던 생산직 근로자들이 슬금슬금 뒤로 빠지기 시작했으며, 관리직도 어느새 그쪽에 빌붙기 위해 이탈하는 사원들이 생겼다는 것이다. 나는 눈으로 보지 않아도 본 듯 짐작이 갔다. 먹고 산다는 게 뭔지, 아메리카노 컵을 내려놓으며 심 대리가 혀끝을 찼다. 나는 나도 모르게 몸을 움츠렸다. 갑자기 에어컨 바람이 겨울바람처럼 차갑게 느껴졌다.

잠시 뒤 나는 박 과장의 근황을 물었다. 심 대리는, 그래도 박 과장만큼은 초지일관 농성 현장을 지키고 있다고 전했다.

가까이에서 뵈니까 그분, 정말 아는 게 많던 데요?

그렇지?

나는 머리를 끄덕거렸다. 그나마 박 과장이 현장을 지키고 있다는 게 믿음직스러웠다.

그러니까, 허 과장님도 무임승차 할 생각 마시고, 이참에 확실하게 결정을 내리세요. 박 과장님이 올라가면 꼭 다짐받아 내려오라고 했어요.

무임승차라니?

국으로 댁에서 관망만 하고 계시니까 그런 볼멘소리들이 나오는 거 아닙니까.

내가 그랬나?

그런 셈이잖아요. 지금 하고 계시는 게 꼭…….

…….

지금처럼 중차대한 때가 어디 있습니까. 그런데도 과장님께서는 아직 관망만 하고 계시잖아요.

E 카페를 나와 근처 술집에서 소주 몇 잔을 걸친 심 대리는 다음 날 다시 내려간다면서 나를 쏘아보았다. 무임승차, 무임승차, 무임승차……. 그에게 내가 지금 처한 가정의 다급한 현실, 즉 불한당 같은 개가 시도 때도 없이 짖는다는 것과 프로레슬러 탓에 꼼짝할 수 없다는 걸 설명하면 알까. 나는 그게 오히려 구차스럽고 변명처럼 들릴 수 있겠다고 생각하고 입을 다물었다.

4

문제의 핵심은 시도 때도 없이 짖어대는 개
였다. 개만 없다면 프로레슬러가 살든, 아이
다섯 명을 둔 가족이 쿵쾅거리며 뛰어놀든 우
리가 애면글면할 이유가 없었다. 물론 노부부
가 살던 때처럼 사이좋게 지내지는 못할지라
도. 어차피 아파트는 토끼장처럼 층마다 개
인 생활이 보장되어야 하는 공간 아니겠는가.
따라서 그 개만 없어진다면 문제는 간단히 해
결되는 셈이었다. 거기까지 생각한 나는 이번
엔 개를 어떻게 없앨까, 혼자 끙끙 앓기 시작
했다. 그렇다고 팔뚝에 전갈 문신을 새긴 야차

같은 그가 개를 치워 달란다고 순순히 들어줄
리는 만무한 일이었다. 그런 것을 아는 사람이
라면 애당초 아파트에 데리고 들어오지도 않
았을 터이었다. 그렇다면, 그렇다면……. 그렇
다면 방법은 오직 하나밖에 없었다. 개를 죽여
야 한다는 것, 죽여서 그 소리를 다시는 지르
지 못하도록 해야 한다는 것, 그것만이 최선의
해결책이었다.

그렇다고 처음부터 내가 그와 같은 매몰찬
생각을 한 것은 아니었다. 처음엔 어떻게 하면
합리적으로 몰아낼 수 있을까를 놓고 고심했
다. 그래서 찾아낸 게 법이었다. 그러나 동물
보호법 제1조에 명시된 '동물에 대한 학대 행
위의 방지 등, 동물을 적정하게 보호, 관리를
위해 필요한 사항을 규정함으로써 동물의 생
명 보호, 안전보장 및 복지증진을 꾀하고, 건
전하고 책임 있는 사육문화를 조성하여, 동물
의 생명 존중 등 국민의 정서를 기르고 사람과

동물의 조화로운 공존에 이바지'하고자 제정한다는, 조문을 읽고는 실망할 수밖에 없었다. 더구나 '맹견'의 정의를 도사견, 핏불테리어, 로트와일러 등, 사람의 생명이나 신체에 위해를 가할 우려가 있는 개로, 특히 '농림축산식품부령'으로 정한 개를 일컫는다는 조항의 애매하기 짝이 없는 문구를 읽었을 때는 눈앞이 캄캄해지기까지 했다. 그거야말로 사람의 권익보다 개의 권익을 우선한다는 것이 아니겠는가. 또 그렇게 본다면 종자도 확실치 않은 위층의 개는 어디에 속한다는 말인가. 나는 며칠 동안 잠도 제대로 자지 못한 채 고민했다. 결국 며칠 만에 내가 찾아낸 결론이란 결국 죽이는 방법밖에는 없다는 것이었다. 그렇게 결심하자 왜 지금까지 몇 날을 혼자 속을 끓였는지 스스로가 후회스러웠다. 하지만 나는 아내에게는 입을 열지 않기로 했다. 왜냐하면 그게 가장 적극적인 방법은 틀림없지만, 잘못하면 가뜩이나 신경이 예민한 터에 지청구나 들을 수 있고, 또 딸의 귀에까지 금방 들어갈 게 뻔했으며, 무엇보다 그런 일일수록 마무리할 때까지는 쥐도 새도 모르게 은밀히 진행하는 게 옳다고 생각했기 때문이다.

다행스럽게도 아내는 눈치를 채지 못하는 것 같았다. 개가 짖을 때마다 머리를 싸쥐고 주방으로 뛰어가 숨고(거기가 안전지대는 아니었다), 나에게 눈총을 주며 도대체 뭐 하는 거냐고 닦달하고, 틈만 나면 남편 따라 여수에 내려가 있는 딸에게 응원을 청하는 것으로 짐작할 수 있었다. 그런 까닭에 나는 아내가 핸드폰에 대고 내 흉을 쏟아낼 적에도 짐짓 딴청을 부리며 흥흥거렸다.

조금만 더 기다려봐.

언제까지요? 지금이 무슨 계절인 줄은 아세요? 여름이에요. 이 무더운 여름에 창문도 열지 못하고 살아요, 우린!

글쎄, 조금만 더 기다려보라니까.

나는 아내를 향해 활짝, 웃었다.

왜 웃어요? 제 말이 웃겨요?

아니, 그럼 웃지, 울까?

그러나 안타깝게도 얼마 지나지 않아 나는 정말 웃음을 거둘 수밖에 없게 되었다. 아무도 모르게 은밀히 해치우겠고 세운 그 계획을 포기할 수밖에 없었기 때문이다. 계획은 계획일 뿐이었다. 현실은 계획과 달랐다. 그 계획을 실천하기 위해서는 넘기 어려운 장벽이 너무 많았다. 내가 그것을 깨닫기까지는 며칠이 걸리지 않았다.

죽이는 방법은 여러 가지가 있었다. 첫째는 총기를 사용하여 직접 죽이는 방법이 있었고, 둘째는 도구를 사용하는 방법, 셋째는 목을 매다는 방법, 그리고 넷째는 독극물을 사용하는 방법이었다. 그러나 첫째는 구매 과정에서부터 난관에 봉착했다. 신상이 노출되는 것은 물론이고, 보관 또한 내 임의로 되는 게 아니었다. 총은 늘 경찰서에 비치해야 하고, 사용할 때도 목적과 신분 확인이 꼭 필요했으며, 사용 후에도 기일 안에 반납해야 하는 제약이 의무적으로 따랐다. 쥐도 새도 모르게 해치우겠다는 내 계획과는 거리가 먼 것이었다. 두 번째와 세 번째 방법은 또 아주 가까운 거리에서 직접 맞닥트려야 하는 난점이 있었다. 생각만 해도 온몸이 부들부들 떨리는데 그 크고 사나운 개와 대결하다니……. 그것은 불가능했다. 결국 내가 방점을 찍은 것은 독극물을 사용하는 네 번째 방법이었다. 청산가리. 그랬다. 그것 이상 효과가 만점인 것은 없었다. 그것을 알게 된 날, 나는 혼자 만세를 불렀다. 그놈이 좋아할 튀김 통닭 뱃속에 그것을 깊숙이 찔러 넣고 슬그머니 던져주면 정말 쥐도 새도 모르게 너끈히 해치울 수 있다고 계산했다. 그렇게 되면 그 보기 싫은 놈과 맞상대할 필요

도 없고, 프로레슬러와도 낯 붉힐 이유가 없
었다. 시치미만 떼고 있으면 그만이었다. 실
제로 이와 같은 방법은 이웃한 나라에서도 들
개들에게 사용한 적이 있었고, 특히 파키스탄
에서는 유기견을 없애기 위해 라두라는 음식
물에 이같이 독극물을 넣어 자전거에 걸어놓
는 방법을 통해 효과를 보았다는 보고문도 있
었다. 구매도 독극물치고는 비교적 수월한 편
이었다. 인터넷을 통해 익명으로 구매하면 신
상이 노출되는 것도 얼마든지 피할 수 있었
다. 그런데 문제는 그럴 경우, 어떻게 개 주둥
이 앞에 치킨을 던져줄 수 있을까, 하는 것이
었다. 내가 목격한 바에 의하면, 개는 혼자 다
니지 않았다. 더구나 밖으로 나올 때는 반드시
촘촘한 그물 마개로 입을 가렸고, 또 그가 늘
가죽으로 된 목줄을 단단히 쥐고 있었다. 그
런 까닭에 기회를 엿보기가 쉽지 않을 듯했다.
또 설혹 어쩌다 기회를 잡았다고 해도 처음 보

는 내가 뜬금없이 던져주는 통닭을 그 개가 덥석, 받아먹을지도 의문이었다. 자칫 잘못하여 그 안의 독극물이 발각되는 날이면 오히려 덜미를 잡혀 망신살은 물론이고, 까딱하면 동물보호법 제46조에 명시된 대로 3년 이하의 징역이나 3천만 원 이하의 벌금을 물을 수도 있는 일이었다. 만약 그렇게 된다면 아내가 펄쩍 뛸 것은 불을 보듯 뻔했고, 어쩌면 그만 살자는 사태까지 벌어질 수도 있었다. 그렇다면 어떻게 해야 할까. 나는 손등으로 이마에서 흘러내리는 땀을 닦았다. 습기를 머금은 미지근한 바람이 반쯤 열어놓은 주방 창문을 통해 들어와 내 얼굴을 연신 핥고 있었다.

왜 하필이면 우리 집 위층일까. 이게 무슨 일일까. 나는 개소리가 예고 없이 쳐들어와 집 안을 온통 들었다 놨다 할 적마다 가슴을 쳤다. 며칠 동안 골똘히 세웠던 계획을 모두 내려놓은 날 나는 문득 잘 산다는 것의 의미가 무엇일까, 돌아보았다. 내가 원하는 것은 적은 평수이기는 해도 내 집에서 아내와 함께 열심히 일하며 조용히 사는 게 전부였다. 그런데 이 조그마한 소망조차 뜻대로 이룰 수 없다니……. 그렇다면 더더욱 잃어버린 그것을 찾기 위해서라도 이대로 주저앉을 수는 없었다. 그것을 회복하기 위해서는 어떻게든 그 소리를 중단시키는 게 급선무였다. 그리고 그것은 또한 땅에 떨어진 나의 존재감을 되살리기 위해서도 꼭 필요했다.

아니, 안 가요?

가요.

찬물에 밥을 말아 오이지를 반찬으로 대충 점심을 마친 나는 아내의 성화에 떠밀려 마스크로 무장한 채 관리실을 향해 운동화를 꿰어 신었다. 아무래도 그곳에서 잃어버린 실마리를 다시 찾아보는 게 가장 빠를 것 같았다. 아내는 내가 현관을 나서기도 전에 안방으로 들어가 또 딸과 통화하기 시작했다.

점심시간이 끝나지 않은 관리실은 텅 비어 있었다. 나는 잠자코 기다렸다. 관리소장은 이십여 분이 지날 무렵이 되어서야 이쑤시개를 입에 문 채 모습을 나타냈다. 나를 발견한 그는 또 그 일인가, 하는 듯한 낯빛이었다. 나는 그가 의자에 앉기를 권했으나 거절한 채 단도직입적으로 따져 물었다.

제가 찾아온 게 벌써 몇 번째인 줄 아십니까?

나는 나도 모르게 커진 내 목소리에 스스로 놀랐다. 그러나 내가 눈까지 치뜨고 물었으나 마스크를 턱 밑까지 내린 소장은 이쑤시개로 이빨 사이를 파내고 있을 뿐 무덤덤한 얼굴이었다. 대수롭지 않게 여기는 듯한 그의 태도에 나는 울화가 치밀었다.

소장님 귀에는 밤낮없이 짖어대는, 사 동 팔백사 호의 개소리가 들리지 않습니까? 단지를 온통 들었다 났다 하는데도요?

나는 그동안 내가 숙지했던 공동주택관리법 제20조 2항에 명시된 내용, 즉 층간소음이 발생할 시에는 관리 주체에 그 사실을 알리고, 이를 접수한 관리 주체는 피해 끼친 해당 입주자에게 층간소음 발생을 중단하거나 차단하도록 요청할 수 있다는 것을 다시 한번 주지시켰다. 여기에서 관리 주체란 관리실을 말하는 것이고, 더구나 피해 끼친 입주자는 관리 주체의 조치 및 권고에 협조해야 한다는 3항을 들이대며, 그런데도 아무런 조치를 하지 않고 있다는 건 소장의 관리 태만 아니냐고 다그쳤다. 그러나 소장은 여전히 무덤덤한 얼굴로 금방 입을 열지 않았다. 이미 그와 같은 민원에 타성이 생긴 듯 미적거렸다. 결국 몇 번 더 같은 질문을 거듭한 뒤에야 이쑤시개를 빼고 입을 연 그는 요즘 반려견 기르는 집이 어디 한두 집이냐고 되물으면서 아파트 관리는 공동생활과 입주자들의 사생활이라는 양 날개를 동시에 유지해야 하는 어려움이 따른다고, 오히려 자신들의 고충을 이해해 달라고 했다. 그리고는 덧붙여서 우리나라 사람들이 기르는 반려동물의 숫자가 지금 얼마나 되는 줄 아느냐고 반문한 뒤 1,200만 마리가 넘는다는 것과 아울러 반려동물 등록제는 물론, 반려동물 헌혈 운동 등도 활발히 전개되고 있다는 것과 머잖아 반려동물 건강보험제도가 나올 전망이라는 것까지 들어가며 오히려 나를 설득하려고 했다.

그 큰 개가 반려견에 속하다고 보세요?

입주자님께서 아직 잘 모르시는가 본데, 개의 크고 작은 건 문제가 되지 않아요.

결국 나는 그날도 중단시켜달라는 내 요구에 대한 확답을 소장으로부터 받아내지 못했다. 다만 방송은 고려해 보겠다는 언질을 받은 게 고작이었다. 창구를 찾는 주민들이 늘어나자 소장을 더 붙들고 있을 수 없다고 느낀 나는 빈손으로 관리실 계단을 내려올 수밖에 없었다.

개소리를 듣지 않을 수 있는 날은 언제쯤 다시 올까. 관리실을 벗어나자 문득 어젯밤 딸이 하던 말이 떠올랐다. 그런 경우, 강남지역의 아파트 같으면 어떻게 했을 것 같아요? 서로 먼저 중단시켜달라고 아우성치지 않았겠어요? 거기 아파트 단지는 정말 이상해. 왜 그렇대요? 모두 귀가 어떻게 된 사람들만 사는 거 아니에요? 나는 머리를 절레절레 흔들면서 하늘을 올려다보았다. 벌써 보름 넘게 올 듯하면서도 빗방울을 뿌리지 않는 하늘은 그날도 잿빛 구름만이 낮게 깔려 있었다.

집에 들어선 나는 아내가 부재중이라는 것을 금방 알 수 있었다. 평소 깔끔하기로 소문난 아내의 품성과는 달리 안방도 정리가 되지 않은 채 옷가지들이 어지럽게 흩어져 있었다. 아마 급히 빠져나간 듯했다. 무슨 일일까,

조금 전까지도 딸과 통화하지 않았는가. 나는 의구심을 떨쳐버릴 수가 없었다. 그러나 잠시 뒤 가쁜 숨을 내쉬며 들어서는 아내의 모습에서 나는 그사이 무슨 일이 있었는지, 금방 알 수 있었다. 문제는 또 그 개였다. 내가 관리실에서 소장과 다투고 있는 동안 개가 또 한바탕 짖어댄 게 분명했다. 그래서 그럴까, 아내의 낯빛은 다른 때보다 더 창백했다. 아내는 내가 묻기도 전에 먼저 입을 열었다.

내가 지금 어디 갔다 오는지 아세요?

글쎄…….

위층이요.

흥분을 감출 수 없는 듯 아내는 머리를 꼿꼿이 치켜들었다. 아내의 목소리가 얼음처럼 차갑게 쏟아졌다.

당신이 못하면 나라도 나서야 하지 않겠어요?

아내의 힐책이 다시 내 머리 위로 속사포처

럼 쏟아지기 시작했다.

조용한 집안에 불한당처럼 함부로 쳐들어와서 내 심장을 마구 찔러대는데, 당신이 해줄 거라 믿고 무작정 앉아있을 수는 없잖아요? 여긴 당신 회사가 아니라고요.

나는 머리를 수그린 채 마른침을 삼켰다. 아내의 말은 하나도 틀린 데가 없었다. 가장으로서 그것 하나 지금껏 처리하지 못하다니, 변명할 말이 없었다.

그런데 그 집, 참 이상하대요?

아내가 나를 돌아보았다.

초인종을 아무리 눌러도 대꾸가 없어요. 개가 그렇게 사납게 짖는데도…….

나는 머리를 끄덕거렸다. 홧김에 올라가긴 했으나 아내 역시 헛수고한 게 틀림없었다. 정말 큰 일이야. 아무 대책 없이 이렇게 질질 끌려가다가는 성마른 내가 먼저 죽고 말 것 같아……. 혼잣말을 내뱉으며 아내는 돌아앉아

허끝을 찼다. 나는 그게 주변머리 없는 나를 탓하는 소리라는 것을 잘 알고 있었다. 그러나 아내는 인기척이 없다고 나처럼 소득 없이 그냥 내려온 게 아니었다. 곧이어 메모지를 출입문에 붙여놓고 왔다는 걸 자랑스럽게 말했다.

뭐라고 써서 붙였는데?

뭘, 뭐라고 썼겠어요. 개 짖는 소리 때문에 힘들다고 썼지요.

그렇게만 썼어?

나는 아내의 말을 믿지 않았다. 그 말만 썼을 리가 없었다. 아니나 다를까. 아내는 내가 재우쳐 묻자 이사 가든지 개를 다른 곳에 맡기든지, 방법을 찾아 처리해 달라고, 썼다고 밝혔다. 아니면 경찰에 고발하겠다는 으름장까지 덧붙였다고 했다. 그 말을 들은 나는 아내의 용감성에 새삼 놀랐다. 어떻게 저렇듯 작고 비쩍 마른 아내가 나보다 더 용감할 수 있을까. 속사포처럼 잔소리만 퍼붓는 줄 알았는데 아내도 속으로는 해결할 방법을 찾고 있었구나. 나는 아내가 고마웠다. 그러나 한편으로는 만약 프로레슬러가 그 쪽지를 본다면 가만히 있을까, 더럭 겁이 나기도 했다.

내가 개를 싫어하게 된 것은 어린 시절 경자네 집 개가 그렇게 사라진 뒤부터였다. 그 사나운 개가 왜 이따금 내 꿈에 나타나곤 하는지 알 수는 없었지만 나는 그때마다 소스라쳐 깨어나곤 하였다. 어느 때는 오줌까지 지려 어머니에게 야단을 맞은 적도 있었다. 그 뒤로 길거리에서 큰 개와 마주치면 나는 나도 모르게 슬그머니 뒷걸음질을 쳤다. 개를 싫어하는 쪽은 아내도 마찬가지였다. 그런 면에서 보자면 우리 부부는 천생연분이 틀림없었다. 거기에다 개를 싫어하는 것은 자기 엄마를 쏙 빼닮은 딸도 마찬가지였다. 딸은 날리는 털과 배변, 그리고 개들이 풍기는 냄새가 싫다는 것을 이

유로 들었지만, 그것을 종합하면 총체적으로 싫어한다는 뜻이었다. 그런 까닭에 딸은 일 년에 대여섯 번 방문하는 하나밖에 없는 처제가 반려견인 '구슬'을 안고 오는 날이면 자기 방에 숨어서 나올 생각조차 하지 않았다. 이모라면 죽고 못 사는 사이지만 처제가 아무리 불러도 꼼짝하지 않았다. 그러면 아내까지 덩달아 개를 데리고 오려거든 앞으로는 우리 집에 발 그림자도 들여놓지 말라고 엄포를 놓곤 했다. 그럼 어떡해, 집에 얘 혼자 있는데, 놔두고 와? 불쌍하잖아. 처제가 울상을 지었으나 아내는 막무가내였다. 그렇듯, 처제가 우리 집에서 환영받지 못한 건 딸이 어릴 때부터 지금까지 수십 번도 넘었다.

5

다음 날 아침 나는 일찍 공원으로 발걸음을 옮겼다. 개가 자주 산책 나오는 현장인 공원에서 그 개의 동선을 찾아 새로운 방법을 시도해보겠다는 게 목적이었으나 그것은 밖으로 드러난 것이고, 그보다는 그날도 눈을 뜨면서부터 시작된 아내의 잔소리에서 잠시나마 벗어나야겠다는 생각이 더 컸다고 볼 수 있었다.

공원은 아파트 단지에서 멀지 않았다. 후문으로 빠져나와 2차선 도로를 건너 우측으로 몇 걸음 걸어가면 곧바로 공원으로 올라가는 입구가 나타났다. 언제 조성되었는지는 알 수 없지만 높지 않은 야산을 끼고 도는 산책로를 따라 약 30분 정도 올라가다 보면 정상에 이르게 되는 공원은 경사도가 낮아 아파트 주민들이 부담 없이 많이 이용하는 곳 가운데 하나였다. 더구나 상수리나무, 벚나무, 소나무, 밤나무, 오리나무, 단풍나무 등 온갖 잡목들이 한데 어울려 울창하게 솟아 있어 특히 운동하는 주민들이 많이 찾았다.

입구에 들어선 나는 먼저 개를 끌고 프로레슬러가 걸었을 동선을 상상하며 산책로를 따라 천천히 올라갔다. 아침이었으나 예상대로 산책로에는 벌써 많은 사람이 나와 있었다. 장난감같이 생긴 털북숭이 강아지들을 끌고 나온 여자들과 반바지 차림의 남자들, 지팡이를 짚은 노인들도 눈에 띄었고, 벌써 올라갔다가 내려오는 길인 듯 벤치에 앉아 쉬는 사람들도 더러 보였다. 그 가운데는 안면 있는 사람들도 더러 있어 눈이 마주칠 적엔 수인사를 나누었다. 한여름철인데도 공원은 나뭇가지 사이로 시원한 바람이 불었다.

산책로를 따라 오르면서 나는 프로레슬러가 그 육중한 개를 끌고 입구에서부터 정상까지 쉬지 않고 올라가지는 않았을 것이라고 단정했다. 물론 힘이 장사니까 한걸음에 달려갈 수도 있었겠지만 그렇지 않았을 확률이 더 높았다. 개란 본디 이런 곳에 오면 냄새로 표시한 자기 영역을 찾게 마련이고, 그곳에다 반드시 용변을 본다는 것을 어느 책에선가 읽은 기억이 났기 때문이다. 만약 용케 그곳을 찾을 수 있다면 며칠 전에 세운 또 다른 계책, 즉 거기에 먹는 약을 바르는 일을 실행할 생각이었다. 그것은 얼마 전 인터넷을 통해 은밀히 매입한 것인데, 특히 개들의 입맛에 맞게 제조되었다는 것을 자랑하는 약이었다.

그러나 아니었다. 나는 얼마 지나지 않아 그 계획이 무모했다는 것을 깨닫고 가슴을 때렸다. 한참을 두리번거리며 올라갔지만 그런 단서란 찾을 수가 없었다. 물론 산책로 주변의 나무 밑동이나 벤치 다리 아래, 또는 바위 밑에서 말라버린 오줌 자국을 발견할 수는 있었으나 그것이 꼭 그 개가 자주 찾는 영역이라고 확신할 수 없었다. 그걸 식별하기에는 눈에 보이는 그런 자국이 너무 많으며, 사람도 개도 많았다. 전문가가 아닌 내 눈으로는 도저히 식별하기 어려웠다. 따라서 꼭 그 방법을 사용하려면 그 개가 나타날 때까지 기다렸다가 찾는 방법밖에는 없었다. 그런데 문제는 그 개가 언제 나타날지 모른다는 것이었다. 그렇다고 종일 죽치고 앉아 기다릴 수도 없는 노릇 아닌가. 왜냐하면 프로레슬러가 하루나 이틀 데리고 나오지 않을 수도 있으니까……. 그가 없으면 나오고 싶어도 혼자 나올 수 없는 개는 종일 집에 갇힌 채 발광하듯 더욱 목청껏 짖어댈 게 뻔한 일이었다. 그렇다면 그것도 생각하지 못했다는 건 분명 내 불찰이었다. 한숨을 토해내며 내가 망연자실해 있는 동안에도 사람들이 데리고 올라온 강아지들은 뒷발 하나를 처들고 나무 밑동에다 스스럼없이 용변을 보곤하였다. 어느 곳에는 두 마리가 한꺼번에 용변을 볼 때도 있었다.

그래도 혹시나 하고 두리번거리며 정상 부근까지 오른 나는 아파트 단지가 한눈에 내려다보이는 벤치에 걸터앉아 주머니 속에 들어있는 약통을 만지작거렸다. 어떤 방법을 찾아야 한다는 다급함은 분명한데, 그래서 서두르다가 이런 낭패까지 본 것인데, 그래도 구체적 대안이 쉽게 떠오르지 않아 머리가 몸살 났을 때처럼 무겁고 욱신거렸다. 그렇지만 달콤한 약을 발라 개의 내장을 망가트려 서서히 죽어가도록 만들겠다는 계획은 분명 현장을 모른채 주먹구구식으로 급조한, 지금까지의 계획 가운데에서도 가장 뒤떨어진 게 틀림없었다.

왜 그런 생각밖에 하지 못했을까. 무엇 때문일까. 나는 나를 자책하면서 하늘을 올려다보았다.

그때였다. 어디선가 빠르고 경쾌한 리듬의 음악이 고막을 때렸다. 그 소리의 진원지는 정상 옆에 마련된 공터였다. 에어로빅댄스. 그랬다. 그곳에 가면 단지의 아주머니들이 아침마다 늘 십여 명씩 모여 경쾌한 음악에 맞춰 몸을 흔들고 있었는데 그날도 예외는 아닌 듯했다.

음악은 그치지 않았다. 한 곡이 끝나면 또 다른 곡이 뒤를 이었다. 어쩌나 크고 요란한지 나중엔 귀가 따가울 정도였다. 벤치에 앉아 또 다른 계책은 없을까, 자책하며 고민하던 나는 그만 눈살을 찌푸렸다. 가뜩이나 머리가 아픈데 음악 소리 때문에 집중이 되지 않았다. 저것도 공해 아니야? 할 일이 없으면 국으로 집에서 잠이나 퍼질러 잘 것이지, 왜 공원에 올라와서 몸뚱이를 흔들며 땀들을 빼나, 그래. 나는 결국 일어나고 말았다. 그곳을 찾아가 항의라도 할 참이었다. 그러나 그곳에 다다른 나는 항의는커녕 그만 구경꾼이 되고 말았다. 음악에 맞춰 열심히 몸을 놀리는 아주머니들의 율동이 그만큼 열정적이며, 육감적인 탓이었다. 땀을 흘리면서도 몸에 착 달라붙는 원색의 복장을 한 아주머니들은 노랑머리를 뒤로 깡똥 묶은 강사의 몸짓을 하나도 빠트리지 않겠다는 듯 열심히 따라 하고 있었다. 구경꾼은 비단 나만이 아니었다. 정상에 오른 사람들 대부분이 빙 둘러서서 그녀들의 율동에 넋을 놓고 있었다. 그 가운데에는 어느새 리듬에 따라 발장단까지 맞추는 사람도 있었다.

얼마나 지났을까. 강사의 구령이 떨어지자 그때까지 스피커에서 귀가 따갑도록 쏟아지던 음악이 한순간에 꺼져버렸다. 공터가 갑자기 정적에 휩싸였다. 그러자 지금까지 생살을 드

러낸 채 차고, 돌고, 뛰고, 흔들고, 찌르던 아주
머니들이 동작을 일제히 멈추고 바지와 겉옷
을 걸치기 시작했다. 일사불란한 움직임을 내
려다보면서 나는 그녀들에게도 저런 게 있었
구나, 하고 놀랐다. 그러나 그것으로 에어로빅
댄스 시간이 모두 끝난 것은 아닌 듯했다. 끼
리끼리 웃고 떠드는 모양이 강사와 함께 또 어
딘가로 몰려가 음료수로 목을 축이면서 수다
를 떨 기세였다. 하긴, 그럴 테지. 할 일 없는
아주머니들이 그런 것 빼면 할 게 뭐 있겠어,
나는 얼굴을 찡그렸다.

  음악이 꺼지자 구경꾼들도 모두 제각각 흩
어졌다. 하지만 딱히 급할 게 없는 나는 그 자
리에 한동안 그대로 서서 미적거렸다. 그러
자 나를 흘끔거리던 강사가 총채 같은 노랑머
리를 흔들며 빠른 걸음으로 다가왔다. 노랑머
리 탓이었을까, 아니면 몸매 탓이었을까. 멀리
서 볼 때는 30대의 젊은 여자 같았으나 아니었

72

다. 가까이에서 보니까 눈가에 주름이 제법 굵은 게 50대 초반쯤은 된 것 같았다. 강사는 내가 몇 걸음 뒤로 물러나자 당당하게 바투 다가오며 물었다.

에어로빅에 관심 있으세요?

아니요, 그냥…….

배우고 싶으시면 내일 아침부터 나오세요.

…….

나는 머쓱했다. 갑자기 에어로빅이라니, 나를 그렇게 봤단 말인가. 나는 어이가 없었다. 설혹 배우고 싶다고 해도 지금은 그럴 시간이 없었다. 하지만 강사는 끈질겼다. 뒷걸음치는 나를 웬일인지 놓아주려 하지 않았다.

처음엔 좀 힘들겠지만, 몇 번 따라 하다 보면 금방 익숙해져요.

나는 머리를 흔들었다.

이건 여자만 하는 운동이 아니에요. 다른 데서는 남자들도 많이 해요.

나는 머리를 흔들었다. 그때 나를 도와준 사람은 에어로빅댄스를 하던 아주머니들이었다. 어느새 가방 하나씩을 챙긴 그녀들이 우르르 다가와 강사를 에워싸자 그녀도 어쩔 수 없다는 듯 나를 놓아주었다. 까르르 웃으며, 길을 내려가는 그녀들을 바라보며 나는 나도 모르게 또 하늘을 올려다보았다. 하늘은 여전히 잿빛이었다.

비는 정말 언제쯤 오려나.

6

박 과장은 술을 좋아하는 편이 아니었다. 어쩌다 술자리에 앉아도 사이다나 콜라를 찾곤 해서 일행들로부터 눈총을 받기 일쑤였다. 그러나 그날만큼은 달랐다. 심 대리가 극구 말려도 아랑곳하지 않았다. 무슨 일이 있었는지, 성난 사람처럼 말도 섞지 않고 막무가내로 마셔댔다. 곁에서 따라주지 않으면 혼자 따라 마셨다. 내가 웬일이냐고 묻자 그는 공장에 내려가 있는 동안 늘어난 건 술뿐이라면서 사무실을 떠날 때처럼 쿡, 웃었다. 아무렇게나 흩어진 머리카락과 검게 탄 얼굴이 마치 다른 사람

같았다.

다 알고 있어, 그쪽에서…….

그가 혀 꼬부라진 소리를 내뱉자 심 대리가 덧대어 자세히 설명해주었다.

양 대리 아시죠? 그놈이 프락치였어요. 그들이 어떻게 우리 계획을 속속들이 알고 있을까, 궁금했는데 이제 보니까 그놈이 다 일러바친 거더라고요.

어떻게 알았어?

그놈이 그 회사로 넘어갔다는 게 그 증거 아니겠어요?

그걸 그냥 놔뒀어?

그럼 어떻게 해요? 자신이 살겠다고, 결정하고 건너간 것인데…….

그래도 그렇지.

양 대리, 그 사람 애가 셋에 마누라 장모까지 모시고 살잖아요.

나는 눈을 크게 떴다. 갑자기 숨이 막혔다.

뭐가 뭔지 알 수가 없었다. 덩치가 커서 목도꾼이라고 불리던 그가, 왜, 그런 짓을 했을까. 그게 정당한 이유가 될까. 나는 심 대리가 따라주는 대로 연거푸 잔을 비웠다. 처음엔 혀끝을 톡, 쏘는 게 쓴 듯했으나 몇 잔을 거푸 마시자 혀와 목이 마비된 듯 아무렇지 않게 넘어갔다. 오히려 달착지근한 맛까지 느껴졌다.

공장 생산직 근로자들도 완전히 두 패로 나뉘었어요. 이제 그들은 그걸 굳이 숨기려고도 하지 않아요. 떳떳하게, 고개를 바싹 쳐들고 마치 자랑하듯 다닌다니까요. 얼마 전까지만 해도 머리에 빨간 띠를 두르고 결사반대한다고 목소리를 높이면서 죽어도 같이 죽고 살아도 같이 살자던 사람들이었는데⋯⋯. 세상 참 웃기지 않아요? 목구멍이 포도청이란 말, 딱 맞는 말이에요.

심 대리는 그들이 그렇게 된 게 모두 먹고살기 위해 자신들이 택한 고육지책이라고 했다.

그래서 그들과 싸우지도 원망하지도 않는다고
했다.

돈이 사람을 변절시키기도 하고, 돈이 사람
을 하나로 뭉치게도 한다니까요.

나는 그가 돈, 돈 할 때마다 문득 영업실적
을 초과 달성했다고 만면에 웃음을 띠던 공 이
사의 곱슬머리와 은테 안경이 떠올랐다.

그럼 이젠 다 틀린 거 아니야?

그렇다고 손들고 항복할 순 없지요. 남은 사
람이라도 힘을 합쳐 끝까지 싸워야죠.

그게 가능하겠어?

그것이 사는 길이니까요. 사람마다 사는 길
은 각기 다르잖아요?

결국 그날 술자리는 박 과장이 마구잡이로
술병을 깨고 테이블을 엎는 바람에 끝이 났다.
내가 아는 그는 그런 위인이 아니었다. 배운
만큼 감성보다는 이성이 강하기로 소문난 사
람이었다. 영업부에서도 공 이사에게 할 말을

떳떳하게 하는 사람은 박 과장 한 명뿐이었다. 물론 그런 탓에 미운털이 박혀 정리해고 명단에 오른 것도 사실이지만……. 그러나 그날은 아니었다. 무엇 때문인지는 몰라도 이성보다 감성이 앞섰다. 개 같은 세상, 개 같은 세상, 개 같은 세상……. 난폭해진 그를 말릴 사람이 없을 정도였다. 누가 신고했는지는 모르지만, 잠시 뒤 경찰차가 오고 지구대에 실려 가면서도 그는 분이 풀리지 않는다는 듯 개 같은 세상이라는 소리를 목청껏 반복했다.

개는 지치지도 않는 모양이었다. 잠시 쉬는 듯하다가도 다시 귀가 아프도록 짖어대곤 했다. 내 의사와 상관없이 간헐적으로 터져 나오는 그 소리를 들으면서 나는 또 며칠을 피가 마르는 것 같은 시간을 보냈다. 그 소리가 터질 적마다 나를 향한 아내의 잔소리와 힐책 또한 비례했다. 아내는 의사가 주의한 대로 두통

과 불면증, 거기에 왝왝거리는 구토 증세까지
보이고 있었다. 어떡할 거예요, 저 소리! 나는
아내의 고성이 터질 적마다 귀를 막았다. 답답
한 것은 나도 마찬가지였다. 그러나 아무리 머
리를 짜보아도 새로운 궁리는 쉽사리 떠오르
지 않았다. 그렇다고 우리가 이곳을 팔고 다른
곳으로 이사 갈 수는 없지 않은가. 물론 아내
가 들을 리도 만무하지만 나 자신도 그것만큼
은 용납이 되지 않았다. 그거야말로 항복을 의
미하는 것 아니겠는가.

그 사이에도 개를 끌고 나온 그와 마주친 적
은 딱, 두 번 더 있었다. 한번은 내가 그를 처
음 봤을 때처럼 개를 데리고 내려오는 그와 승
강기에서 마주쳤고, 또 한번은 오전 무렵 공원
에서 돌아오는 그를 후문 앞에서 만났다. 그러
나 나는 볼멘소리 한마디 던지지 못하고, 모르
는 척 인사도 하지 않고 도망치듯 피했다. 그
때도 시커먼 그 개는 나를 안다는 듯 핏발 선

눈으로 노려보며 핵핵거렸다.

결국 내가 다시 며칠 동안 끙끙 앓으며 궁리한 묘안은 동조 세력을 규합하자는 것이었다. 혼자 해결하지 못한다면 여럿이 뭉치면 될 것 아닌가. 나무젓가락도 하나는 잘 부러지지만, 세 개만 모아도 부러트리기 힘들지 않은가. 그게 다섯 개, 혹은 열 개라면⋯⋯. 생각이 거기에 미치자 나는 갑자기 힘이 솟았다. 한밤중에 천둥치는 것 같은 소리를 그동안 우리만 들었을 리는 만무했다. 그렇게 되면 지금까지 소극적인 태도로 일관하던 관리실도 어쩔 수 없이 적극성을 띨 게 틀림없었다. 나는 자리를 걷어차고 벌떡 일어났다. 왜 진작 그 생각을 하지 못했을까 후회스러웠다. 물론 발품은 팔아야겠지만 성공할 확률이 가장 높은 것만큼은 틀림없었다. 냉장고에서 물병을 꺼내 단숨에 비운 내 눈앞에는 어느새 프로레슬러 같은 그가 백기를 들고 있는 모습이 어른거렸다.

나는 그 묘안을 아내에게 공개하기로 했다. 이유는 간단했다. 이 방법이야말로 모두가 함께 지혜를 모아야 성공할 수 있다고 판단했기 때문이다.

아내는 반신반의하면서도 일단은 환영의 뜻을 비쳤다. 왜 그런 생각을 이제야 했어요? 아내는 그러나 입주자들이 과연 내 뜻을 잘 따라줄지가 의문이라고 했다. 요즘은 다 그렇잖아요. 저마다 바쁘게 사는 것도 문제지만, 가만히 앉아서 남의 덕이나 보려는 사람들이 더 많다는 게 문제잖아요. 아내의 말은 특별히 자신에게 이익이 되지 않을 일은 물론이고, 조금이라도 손해를 입을 수 있겠다고 판단되면 기피하는 게 요즘 사람들이라는 것이었다. 하지만 나는 개의치 않기로 했다. 비록 타의에 의해 백수 신세로 전락한 것은 사실이지만 결단성과 단속하는 힘이 부족하지 않다는 것을 이참에 아내에게 꼭 보여주고 싶었다.

그래도 해보자고. 지금은 그 방법밖에 없잖아.

　그러세요, 그럼.

　쇠뿔도 단김에 빼랬다고, 나는 곧장 그 작업에 착수했다. 내가 처음 찾아간 사람은 3동 808호의 김 선생이었다. 그는 청주의 모 초등학교에서 교감으로 정년퇴직한 사람인데 나보다 나이는 열두 살이 많았지만 몇 년 전 공원에서 음료수를 나눠 마신 게 인연이 되어 그 뒤부터는 호형호제하며 지내는 사이였다. 인품이 점잖고 후덕하다는 소문나 있는 만큼 잘하면 그를 통해 또 다른 동조 세력을 규합할 수도 있겠다는 계산이 나로서는 내심 깔려 있었다.

　그는 마침 집에 있었다. 내가 찾아가자 갈색 반바지 차림으로 나온 그는 떨떠름한 얼굴로 요즘 같은 시대에 그렇게 맘대로 돌아다녀도

괜찮은 거냐고, 한 마디 던지고는 나를 집으로 불러들였다. 집의 구조는 우리와 같았으나 나는 늘 그의 집에 오면 이상스럽게도 도서관에 온 것 같은 무거운 느낌이 들곤 했는데, 그것은 그날도 틀리지 않았다. 아마도 그것은 거실 벽을 가득 채우고 있는 장서 때문일 터이었다. 내가 두리번거리자 그가 혼자 돌아가던 앉은뱅이 선풍기 머리를 내 앞으로 돌려주며 아내가 출타 중이라는 것을 알려주었다.

요즘 잠은 잘 주무세요?

나는 그가 내미는 찬 음료수 컵을 받으며 단도직입적으로 물었다. 그러자 그는 아닌 밤중의 홍두깨처럼 그게 도대체 무슨 말이냐는 듯한 얼굴로 나를 건너다보았다.

개소리 때문에 잠을 설치지는 않느냐고요?

찬 음료는 레몬이 첨가된 듯 약간 신맛이 났다.

개소리? 들었네만, 근데 왜?

그는 여전히 뜬금없다는 표정이었다. 나는 이런 일일수록 뜸을 들일 필요가 없다고 생각했다. 그러나 그의 얼굴에서 그동안 그가 그 소리에 대해서는 신경을 쓰지 않았다는 것만큼은 쉽게 읽을 수 있었다. 그는 평일 오전 시간대인데 그런 것 때문에 회사까지 결근했느냐고, 오히려 궁금한 듯 반문했다. 나는 그 질문엔 어물어물 대꾸하고 다시 물었다.

형님은 그 소리를 듣고도 잠을 잘 주무세요?

나는 선풍기 바람을 피해 고개를 돌렸다. 거실 벽에는 가족사진이 걸려 있었다. 언제 찍은 것인지는 알 수 없으나 그의 가족 다섯이 두 줄로 앉고 서서 웃고 있는 커다란 액자 속의 그는 지금보다 훨씬 젊은 모습이었다.

그러니까 그게 불편해서 찾아온 모양이구먼.

맞아요. 어찌나 우악스레 짖어대는지, 우리는 도통 잠을 잘 수가 없어요.

나는 그의 얼굴을 살피며 찾아온 목적에 대해 자초지종 설명을 풀었다. 내 얘기를 다 듣고 난 그는 알겠다는 듯 머리를 끄덕거렸다. 나는 그의 대답을 기다리며 내려놨던 음료수 컵을 다시 들었다. 차고 신 음료수가 목구멍을 타고 넘어갔다. 그가 입을 연 것은 내가 컵을 절반쯤 비웠을 때였다.

하긴, 바로 아래층이니까 그럴 만도 하겠군. 더구나 자네 내자는 더 힘들겠구먼.

그렇다니까요. 이거야 무슨 대책을 세워서 단지에서 쫓아내든지, 아니면 아예 짖지를 못하게 만들든지 해야지, 이대로는 정말 성한 사람도 병나게 생겼어요.

나는 덧붙여 아내가 그것으로 인해서 벌써 두통과 구토 증세까지 보인다고 말했다. 그는 이해한다는 듯 눈을 슴벅거렸다. 나는 비로소 그가 내 편이 되어 줄 거라는 예상이 맞아떨어져 간다는 것을 직감하며 속으로 쾌재를 불렀다. 그래서 이야기인데, 나는 이어서 그동안 내가 생각해낸 묘안을 구체적으로 꺼냈다. 그러나 개를 물리치기 위해서는 우리가 뭉치는 방법밖에 없다는 나의 제안에 대한 그의 답변은 의외였다.

자네, 이런 이야기 들어본 적 있나?

무슨⋯⋯.

프랑스에서는 내년부터 아예 강아지를 팔고 사는 것을 금지 시킨다는 거야. 우리가 인권을 중시하듯 개들의 권리도 인정해줘야 한다는 거지. 그렇다면 지금 우리나라는 어떤가? 옛날엔 애완동물이라고 했지? 지금 그런 말 하다가는 전근대적 사람으로 취급받아. 반려라고 해야지. 자네, 반려가 무슨 뜻인 줄은 알고 있지?

나는 대꾸를 하지 않았다. 이유도 없이 밭은 기침이 터져 나왔다. 그가 느리고 낮은 어조로 다시 말을 이었다.

자네, 혹시 절에 가봤나? 나는 등산을 자주

가니까 절간을 지나칠 때가 많은데, 그때마다 놀라곤 한다네. 왜 그런 줄 아는가? 개에 대한 제사를 엄숙하고 정성스럽게 지내는 사람들을 자주 목격하거든. ……자네, 요 앞 이마트 가 봤지? 거기에서 뭘 봤는가? 몇 달 전까지 진열되어 있던 어린이 장난감 자리에 반려동물 코너가 신설되지 않았든가? 그걸 보면서 무엇을 느꼈는가?

나는 그의 얼굴을 똑바로 건너다보았다. 갑자기 온몸에서 기운이 빠져나가는 것 같았다. 비록 에둘러 말하고는 있지만, 평소와 다르게 그는 그런 사유를 열거하면서 나의 의견에 동조할 뜻이 없다는 것을 은연중 밝히고 있었다.

내 말은 그러니까 이젠 그런 것 따윈 하등 문제가 되지 않는다는 거지. 그럼 어떻게 한다? 참는 게 상책이야. 하긴, 소음진동관리법이란 게 있긴 하지. 층간소음 방지법이라는 것도 있고……. 그러나 그것도 모두 무용지물이

나 다름없어.

그렇다면 형님은 그 소리를 들으면서도 지금까지 참았단 말이에요?

나는 나도 모르게 말꼬리를 높였다. 3단으로 강하게 틀어놓은 선풍기 바람이 나를 향하고 있었으나 등짝으로 땀이 흘러내렸다.

그런 셈이지. 자네도 알지 않는가, 만사가 다 마음먹기라는 말…… . 그래서 그런지, 그 소리도 날마다 들으니까 그냥저냥 참을 만은 하더라고.

아무리 마음먹기라고는 하지만, 그 소리를 어떻게…… .

아니야. 정말 아무렇지 않더라니까. 내가 옛날 기찻길 옆에 살아서 그런지는 몰라도 꼭 그 소리가 기차 지나갈 때 나는 소리 같아서 오히려 추억을 떠올리게도 하고…… .

분위기를 바꾸려는 듯 그는 너털웃음을 터트렸다. 그의 웃음소리를 들으며 나는 비로소 내 예상이 완전히 빗나갔다는 것을 실감했다.

그렇다면?

그래. 참아봐. 내가 지금 자네에게 해줄 말은 그것밖에 없구먼.

나는 고개를 떨구었다. 그의 뜻이 그렇다면 구태여 내 편이 되어달라고, 그에게 애걸복걸할 생각은 없었다. 실망스러운 것은 사실이지만, 그렇다고 그를 원망하고 싶지도 않았다. 따지고 보면 그것 역시 그의 자유의사 아니겠는가. 이런 일은 적극성이 떨어지는 사람을 억지로 끌어들여서 내 편을 만든다고 될 게 아니었다. 그럴 경우, 오히려 또 다른 사단을 불러올 수도 있었다. 하지만 나는 그가 방관자처럼 나 몰라라 한다고 해서 그 계획을 포기할 수는 없었다. 나는 그 방법이 유일한 마지막 수단이라는, 절박한 심정으로 어금니를 깨물고 그 집을 나왔다.

김 선생의 집을 나온 나는 이번엔 발걸음을 우리와 같은 동 303호 최 사장네로 돌렸다. 그러나 그를 만날 수는 없었다. 현관문을 열어준 그의 부인을 보고서야 나는 그 시간대면 그가 출근한다는 사실을 새삼 되씹었다. 사전에 전화를 먼저 주고 오지 그러셨어요? 이 양반은 밤늦게나 되어야 돌아와요. 왜, 아시잖아요. 늘 그렇게 사는 거……. 그의 아내는 오히려 미안하다는 얼굴빛이었다.

내가 아는 그는 통일로 부근에서 주차장까지 갖춘 제법 규모가 있는 한정식 전문식당과 또 시내 번화가에서 룸이 여러 개 딸린 중국음식점을 운영하는, 단지 내에서는 몇 안 되는 알짜배기 사업가 가운데 한 사람이었다. 그러나 큰 덩치에 어울리지 않게 엄살이 좀 심한 편이었다. 나보다 다섯 살 어린 그는 만날 적마다 울상을 지으면서 코로나 때문에 요즈음 경제 사정이 아주 나빠졌다는 것을 입에 달고 살았다. 저는 형님이 제일 부럽습니다. 얼마나 좋습니까. 아침에 나갔다가 저녁에 들어오면 봉급이 꼬박꼬박 통장에 입금되는데…….

그러나 그것은 나를 잘 모르고 하는 소리였다. 화장지 한 롤을 팔기 위해 발품을 얼마나 팔고 다녀야 하는지를 그가 알까. 물론 지금은 그나마 다니고 싶어도 다닐 수 없는 처지가 되고 말았지만……. 그래도 어쩌다 단지에서 회식 자리가 벌어지면 계산은 항상 그가 도맡았다. 명절 때 단지의 경비원들에게 양말 몇 켤레라도 돌리는 사람 역시 그였다. 그런 까닭에 단지 안에서는 비교적 인지도가 높은 편이었다. 더구나 무조건까지는 아니어도 내 말이라면 토를 달지 않는 편이어서 더더욱 기대할 수 있었다.

들어오는 대로 연락드리라고 할까요?

예, 그래 주시면 고맙겠습니다.

그의 아내는 알겠다는 듯 머리를 까닥거렸

다. 나는 문을 닫고 돌아서는 그의 아내를 다시 불러세웠다.

혹시, 개 짖는 소리 듣지 못했어요?

개 짖는 소리요?

그녀는 뜬금없이 그게 무슨 말인가, 하는 얼굴로 눈을 크게 떴다. 나를 뚫어지게 쳐다보며 반문하는 그의 아내 때문에 나는 다시 같은 말을 반복했다.

큰 개가 요란하게 짖는 소리…….

글쎄요. 저희는 아이들이 늘 시끄럽게 떠들어대는 통에…….

그의 아내는 도리질하며 내 얼굴에서 눈을 떼지 않았다. 나는 머리를 끄덕거렸다. 그렇다면 더 이야기를 해봤자 소용없었다. 최 사장을 만나도 마찬가지일 터이었다. 결국 헛걸음을 한 나는 머리를 긁적이며 돌아섰다.

그렇다고 빈손으로 집에 들어갈 수는 없었다. 결과를 기다리는 아내가 눈에 불을 켜고

있을 게 분명했다. 나는 발걸음을 돌려 이번엔
미란이 할아버지를 찾았다. 다행히 미란이 할
아버지는 내가 그 집에 당도하기 전에 단지 길
에서 만날 수 있었다. 공원에서 돌아오는 길이
라는 그는 나와 마주치자 검은 마스크로 입을
가린 채 활짝 웃었다. 작달막한 키 탓일까, 아
니면 유독 배가 볼록, 튀어나온 탓일까. 엘에
이라는 영어 대문자가 크게 새겨진 흰 야구모
자로 대머리를 가린 그가 웃는 모습은 꼭 옛날
술병에서 본 금복주 같았다.

어쩐 일인가?

그는 내 손목을 잡아끌었다.

그렇지 않아도 지금 뵈려고 가는 길이었는
데……

나는 그가 이끄는 대로 나무 그늘이 있는 곳
으로 들어가면서 마침 잘 되었다 싶었다. 그곳
에 놓인 벤치는 옆으로 가지를 길게 뻗은 느티
나무가 햇볕을 가려주어서 이야기를 꺼내기에

안성맞춤인 곳이었다. 하지만 그는 내가 본론을 꺼낼 기회를 쉽게 허락하지 않았다. 팔십이 가까운 나이지만 어찌나 말이 잰지, 내가 미처 끼어들기가 힘들었다. 그가 늘 열정적으로 쏟는 이야기란 이혼한 아들이 맡기고 가버린 미란이 양육 문제가 주류를 이루었지만, 때로는 정치가들을 비판하는 것이나 사회문제, 또는 마찰을 빚고 있는 국제 분쟁들이었는데, 그것은 이미 언론 보도를 통해서 나도 익히 알고 있는 터이므로 특별하다고 할 수 있는 것들이 아니었다. 거기에다 가는 귀가 먹은 탓에 대꾸하는 사람이 늘 목청을 높여야 했다. 그날 그가 첫말을 꺼낸 것은 확진자가 급증하는 코로나 문제였다. 기회를 엿보며 한 귀로 듣고 한 귀로 흘려보내는데 그는 평소와 똑같이 말끝마다 어떻게 생각하느냐고, 되물었다. 인사치레로 머리를 주억거리던 나는 그가 물을 때마다 일일이 대꾸하기도 곤혹스러웠다.

이러다가 정말 지구의 종말이 오는 게 아닌지 모르겠어. 거, 누군가 예언을 벌써 오래전에 했다잖아. 노스트라다무스인가, 뭣인가 하는 사람 말이야. 자넨 그 사람 말을 어떻게 생각해?

글쎄 말이에요. 하긴, 그것 때문에 세상이 더 뒤숭숭해진 건 사실이지요.

내 생각에는 그걸 지구에서 아주 없애겠다는 것은 이젠 말도 되지 않는 소리이고, 앞으로는 그걸 감기처럼 늘 끼고 살아야 할 것 같아. 티브이를 보니까 어느 박사도 그렇게 이야기하던데, 자네는 어떻게 생각해?

그럴지도 모르죠. 이렇게 쭉 계속된다면 결국은 그렇게 해야 하지 않겠어요?

마스크를 고쳐 쓴 나는 여전히 언제 기회가 올까, 엿보고 있었다. 그렇게 얼마나 지났을까. 그의 이야기를 한쪽 귀로 흘리던 나는 때마침 큰 꽃무늬가 새겨진 긴 원피스를 입은 젊은 여자가 갈색 털을 지닌 조그만 강아지를 안고 우리 앞을 지나가는 것을 보자 이윽고 기다리던 기회가 왔다는 것을 직감했다. 말을 계속이어가던 그도 그 강아지와 여자를 목격한 모양이었다. 햐, 그놈 참 예쁘게 생겼네! 그가 감탄사를 내뱉자 나는 그때를 놓치지 않았다.

혹시 요즘 개 짖는 소리 때문에 힘들지 않으셨어요?

어렵게 운을 뗀 나는 그의 얼굴부터 살폈다. 그는 머리를 갸우뚱거렸다. 내 말의 뜻을 알아듣지 못하는 것 같다고 생각한 나는 그의 곁으로 바투 다가가 한층 목소리를 높였다.

개 짖는 소리 때문에 밤잠을 설치지는 않으셨냐고요?

그제야 알아들었다는 듯 그가 머리를 끄덕거렸다.

들었지, 내가 어디 귀먹은 사람인가, 그 소리도 못 듣게.

아주 시끄럽지요? 동네가 온통 떠나갈 것
같지 않아요?

나는 두 손을 어깨높이로 들어 활짝 펴면서
그를 살펴보았다. 그러나 이상스럽게도 그의
반응은 신통치 않았다. 개가 짖는 소리 때문에
잠을 설친 것 같지도 않았다. 하긴, 약간이긴
해도 가는 귀가 먹었으니 그럴 만도 했다. 그
렇다면 그 정도도 예상하지 못하고, 찾은 내가
계산을 잘못한 게 틀림없었다.

큰 개인가 봐, 소리가 제법 우렁차더구먼.

시끄럽진 않았어요?

시끄럽긴…….

그는 내 얘기보다 그 개가 어떻게 생겼는가
에 대해 더 관심을 보이고 있었다. 그것은 그
가 이어 뱉은 말에서 금방 알 수 있었다.

그 개가 크지? 얼마만 해?

기대하고 나갔으나 나는 결국 아무런 수확
도 없이 집으로 돌아올 수밖에 없었다. 이렇게

동질감을 가진 사람을 구하기가 어렵단 말인가. 소리를 들었다면서도 왜 모두 나 몰라라, 하는지 알 수가 없었다. 아내에게 뭐라고 말할까. 호기롭게 집을 나설 때와는 달리 나는 맥이 풀렸다. 나도 모르게 한숨이 터져 나왔다.

하지만 집에 들어온 나는 아내에게 궁색한 변명을 늘어놓을 필요가 없다는 것을 알게 되었다. 현관 바닥에 보지 못하던 알록달록한 여자 슬리퍼가 놓여 있는 것을 목격한 까닭이었다. 순간, 나는 그 슬리퍼의 임자가 누구인지 금방 짐작할 수 있었다. 앗, 위층 여자다. 나는 소스라치게 놀랐다. 심장이 갑자기 멎는 것 같았다. 여기가 어딘데, 그렇다면 프로레슬러도 왔을까. 나는 발소리를 죽인 채 말소리가 들리는 주방으로 들어섰다. 아니나 다를까, 주방에서는 아내와 그 여자가 힘겨루기하듯 말싸움을 벌이고 있었다. 프로레슬러처럼 크지는 않았으나 여자도 덩치는 작은 편이 아니었다. 비쩍 마른 아내의 두 배는 거의 될 듯했다. 가슴이 깊게 파인 하얀 티셔츠 속에 감추어진 가슴도 보통 크기가 넘었으며, 반바지 아래로 보이는 굵은 장딴지 역시 아내는 상대가 되지 않을 정도였다. 다행스럽게도 프로레슬러는 눈에 띄지 않았다.

두 번 말하기 싫어요. 개를 치워주세요.

아내의 카랑카랑한 목소리가 커졌다. 나를 보자 더욱 힘이 솟는 모양이었다.

그러나 그 여자도 만만치는 않았다. 아내가 그럴수록 얼굴 가득 웃음기를 흘리면서 힘을 빼놓겠다는 듯 야기죽거렸다.

아니, 그런 억지가 어디 있어요. 우리나라 법에 그런 게 있던가요? 개도 엄연히 하나의 생명체입니다. 저희 소유이고요. 따라서 치우라 말라 하실 권리가 이 집엔 없어요. 저는 다만 이웃 간에 낯 붉히며 사는 게 싫어서 정중

하게 말씀드리는 거예요. 앞으로는 조심 좀 시
키겠다는고…….

여자는 아내가 써 붙인 쪽지를 보고 내려온
게 틀림없었다.

조심시키겠다는 게 뭐죠? 짖지 않게 하시겠
다는 건가요?

어떻게 숨 쉬는 동물이 짖지 않고 살겠습니
까? 아주머니는 숨 쉬지 않고 살 수 있으세요?
말하지 않고 살 수 있으세요? 개도 똑같아요.
살아 있는 동물이잖아요. 다만 이제부터는 그
걸 저희가 조금 조심시키겠다는 거지요.

늘 집이 비어 있던데, 어떻게 조심시키겠다
는 거지요?

아내는 물러서지 않았다. 결판을 내겠다는
듯 머리를 꼿꼿이 쳐들었다.

먹고 살려니까 비울 때가 많긴 해요. 그렇지
만 늘 비우는 건 아니에요.

말을 마친 여자가 나를 돌아보았다. 순간,

문신한 여자의 푸르고 굵은 눈썹이 꿈틀, 위로
올라갔다. 여자의 눈썹이 살아 있는 배추벌레
같다고 느낀 나는 나도 모르게 한차례 진저리
를 쳤다.

물론 불편하신 건 알아요. 그렇지만 이해 좀
해주세요. 이웃이 좋다는 게 뭐겠어요, 안 그
래요?

이해요? 어떻게 그걸 이해할 수 있지요? 이
렇게 생병이 났는데.

그래서 이렇게 내려와서 말씀드리는 것 아
니겠어요?

이웃이요? 오늘 처음 뵙는데요? 쪽지 보셨
지요? 거기 쓴 대로예요. 앞으로도 개가 계속
해서 짖는다면 저희는 정말 경찰에 고발할 겁
니다. 똑바로 알아두세요. 이건 헛말이 아닙니
다. 저희가 살기 위해서는 어쩔 수가 없어요.

아내는 격앙된 어조로 여자를 몰아붙였다.
아내가 양보할 수 없다는 투로 계속 밀어붙이

자 한동안 입을 닫고 있던 여자도 더는 안 되겠다는 듯 말투가 바뀌었다. 지금까지 조곤조곤하던 말투가 갑자기 높아졌다.

제가 이렇게까지 말씀드렸는데도 안 되겠다고 하신다면 아주머니하고는 더 말할 필요가 없겠네요. 그렇다면 제 남편이 들어오는 대로 내려보낼 테니까 그 양반하고 말씀 나누도록 하세요.

나는 갑자기 숨이 막혔다. 그것은 대화가 단절되었다는 것만을 의미하는 게 아니라, 최후 통첩을 의미했다. 프로레슬러를 내 집에 들여보내겠다고? 그것만으로도 나는 벌써 내 집이 점령당한 느낌이었다.

실례 많았습니다.

그 말 한마디를 던지고 여자는 두 번 다시 볼 일이 없다는 듯 몸을 돌렸다. 순간, 나는 당혹스러웠다. 어떻게 해서든지 그가 우리 집에 들어오는 것만큼은 막아야 한다고 생각했으나 그 방법이 금방 떠오르지 않았다. 그러나 돌아선 여자는 나를 기다려주지 않았다. 내가 머뭇거리는 사이 슬리퍼를 끌고 현관을 빠르게 빠져나갔다. 현관문 닫히는 소리를 들으면서 어떻게든 붙들어야 한다고 발을 굴렀으나 여자의 모습은 이미 볼 수 없었다. 아내는 입술을 깨물고 있었다. 나는 그런 아내의 얼굴에서, 뭔지 모를 또 다른 전의가 활활 타오르고 있다는 것을 느꼈다.

그날 밤이 지나도록 최 사장에게서는 연락이 없었다.

7

불이 꺼진 공장은 마치 공룡이 머물다가 떠나간 동굴 같았다. 출입문에 걸려 있는 현수막을 목격한 순간, 나는 긴장하지 않을 수가 없었다. 붉은 글자로 크게 쓰여있는 '복직을 보장하라'는 구호가 가슴을 서늘하게 했다. 현수막과 벽보는 비단 거기만 걸려 있는 게 아니었다. 눈에 띄는 곳곳마다 그와 비슷한 내용의 현수막과 벽보가 덕지덕지 붙어 있었다. 그러나 많은 사람이 농성하고 있을 거라고 예상했던 천막엔 겨우 몇 명만이 앉아있거나 누워있어 오히려 초라한 느낌이 들었다. 그나마도 생산직 근로자들은 모두 어디로 갔는지 찾아볼 수 없고, 자리를 지키고 있는 사람은 심 대리를 비롯한 관리직 사원들뿐이었다. 햇볕에 그을린 그들의 얼굴에는 불면과 과로, 오래된 피로가 그대로 달라붙어 있었다. 무임승차 할 생각하지 말라는 심 대리의 경고성 발언이 밤마다 살아나 송곳처럼 가슴을 찔러대 도저히 그냥 있을 수가 없어 현장을 찾아왔으나 솔직히 나는 몇 명 되지 않는 그들의 몰골을 보고 실망하지 않을 수 없었다. 더구나 전의를 불태우고 있는 게 아니라 모두가 지친 얼굴빛들을 하고 있어 과연 이곳이 농성장 맞는가 착각까지 들었다.

심 대리는 내 얼굴을 보자 원군을 만난 듯 반겼다.

잘 오셨어요. 진작 이렇게 하셨어야죠.

수고들 하네. 근데, 박 과장은 어디 갔어?

나는 박 과장을 찾았다. 주위를 두리번거렸

으나 응당 있을 줄 알았던 그의 모습은 보이지 않았다. 내가 다시 묻자 심 대리가 시큰둥한 어조로 말했다.

갔어요.

가다니, 어딜 가?

나는 그가 던진 말의 진의가 무엇인지 금방 이해가 되지 않았다.

어디는 어디겠어요. 양 대리 따라갔으니까 저쪽이겠지요.

나는 숨이 턱, 막혔다. 박 과장이 갔다고? 순간 무슨 말을 하긴 해야 할 터인데, 내 속의 말들이 모두 흩어져버렸다. 그래도 심 대리는 기가 꺾이지 않은 얼굴이었다. 대풍에서 곧 협상하자는 제안이 들어올 거라고 장담하면서 이제 시간이 얼마 남지 않았다고 자신했다.

박 과장은 왜 갔을까. 나는 박 과장이 왜 돌아서게 되었는지, 그 과정이 궁금했다. 며칠 전에도 개 같은 세상, 운운하면서 같이 소주를

마셨고, 테이블을 엎었고, 병을 깼고, 신고받고 출동한 경찰차에 실려 지구대에 끌려가면서도 목소리를 굽히지 않던 사람 아닌가. 아무리 따져보아도 나는 그가 왜 그쪽으로 갔는지 이해가 되지 않았다. 그는 서울 명문대 출신으로 사내에서도 엘리트로 통하는 사람이었다. 경쟁자이긴 했어도 영업실적에서 그는 늘 나보다 한발 앞서갔다. 그를 쫓아가기에 나는 급급해했다. 그뿐만이 아니었다. 그는 회사에서 미팅할 적에도 나처럼 예스맨이 아니었다. 윗사람들 앞에서도 자신의 주장을 떳떳이 내세우던 위인이었다. 하지만 그 역시 나와 마찬가지로 지난 시간 숫자에 구속받으며 살아온 것만큼은 분명했다. 그걸 부추긴 곳은 '동영'이란 회사였고, 공동체라는 이름의 사회였다. 회사는 영업 과정에서 얼마만큼 땀을 흘렸느냐 하는 것은 중요하게 여기지 않았다. 오직 숫자로 표시되는 결과만을 중요시했다. 특히 공 이

사는 입버릇처럼 과로 끝에 밀려오는 피곤을 쾌감으로 여기라고 말하곤 했다.

왜 갔는지는 모르고?

그걸 제가 어떻게 알겠어요.

나는 한숨을 길게 내쉬었다. 열 길 물속은 알아도 한 길도 안 되는 사람 속은 모른다더니……. 나는 갑자기 두 눈을 모로 뜨고 나를 욱대기던 공 이사의 얼굴이 떠올랐다. 그가 전월 영업1과는 매출을 8억이나 올렸는데 3과는 그 시간에 뭐 했어? 이번 달엔 반드시 9억 목표치를 넘기도록 분발해, 할 때 의기양양하던 박 과장의 모습까지 눈앞을 스쳤다.

나는 핸드폰으로 박 과장을 호출했다. 그러나 신호가 여러 차례 가도 그는 받지 않았다. 문자를 보내도 답신이 없었다.

이길 자신 있어?

그럼요. 아니라면 벌써 포기하고 말았지, 이 땡볕에 미쳤다고 이 짓거리를 하고 있겠어요?

싸움의 명분이 확실하지 않습니까, 우리는.

정말이지?

아, 그렇다니까요.

정말, 심 대리 말대로 잘 풀렸으면 좋겠네.

저 사람들은 우리가 여기를 무단 점거하고 있다면서 경찰을 불러 강제 철수시키겠다고 하지만 그건 아니지요. 왜냐하면 여긴 며칠 전까지만 해도 엄연히 우리의 일터였고, 지금도 우린 여기를 일터로 알고 있으니까요.

나는 결국 박 과장이 왜 그쪽으로 갔는가에 대해서 더 묻지 않았다.

'동영'이 '대풍'으로 넘어가는 것은 이제 기정사실화된 듯했다. 그러나 심 대리는 결코 물러설 수 없다면서 장승처럼 버티고 있었다. 그는 농성장이 자신을 지탱할 수 있는 유일한 보루라고 여기는 것 같았다. 준비해 왔던 음료수와 간식거리를 건네주면서 다시 물었으나 그의 대답은 여전히 똑같았다.

회사는 자본주들만의 것이 아니잖아요. 엄밀히 따지자면 사회가 키워준 거니까 사회의 것이기도 하지요. 안 그렇습니까?

그의 주장은 그렇게 보면 근로자들도 회사의 주인인 까닭에 권리를 당당히 인정받아야 한다는 것이었다.

회사를 경영하다 보면 심각한 위기도 겪을 수 있어요. 그러나 그때는 자산 매각이나 근무 시간 단축, 무급 휴직 등, 경영 정상화를 위해 최선의 노력을 기울여야지요. 그래도 안 될 때, 마지막 수단이 정리해고입니다. 물론 거기에도 경영 사정과 노동자 사정을 고려하여 합리적이고 공정하게 대상자를 선정해야 하고, 또 해고 예정일 오십일 전에는 근로자 대표에게 통보하라고 법이 정해놨어요. 그런데 어디 '동영'이 그런 적 있었나요? 자기들끼리 골방에서 담배나 빨아대면서 일방적으로 선정하고, 또 일방적으로 통보한 것 아닙니까? 이건 분명히 근로자들을 무시한 불법행위입니다.

나는 그의 정수리 위에서 힘차게 펄럭이는 현수막을 바라보았다. 복직만이 살길이라고, 쓰인 붉은 글자가 자꾸만 가슴을 찔러 시선을 거둘 수가 없었다.

식사는 잘하고 있는 거야?

예, 잘 먹고 있습니다.

뭘 먹는데?

저희끼리 밥도 해 먹고, 라면도 끓여 먹고, 저녁에는 가끔 삼겹살도 굽곤 해요. 소주도 한 잔씩 돌리고요. 아, 여기도 사람 사는 세상인데 그런 게 없겠습니까?

심 대리는 오른 손가락을 동그랗게 말아 술 마시는 흉내를 내며 쿡쿡쿡, 웃었다.

그래, 어쨌든 잘 먹어야 해. 이런 때일수록. 그래야 기운을 잃지 않을 것 아닌가.

걱정하지 마십시오. 저희도 잘 알고 있습니다.

심 대리는 머리를 끄덕거렸다. 내가 몇 명 되지 않는다는 것을 우려하자 그는 일당백이라면서 활짝 웃었다.

많으면 더 좋겠지만, 많지 않아도 걱정하지 않습니다.

그의 크고 우람한 체구가 그날따라 내 눈에는 왠지 더욱 믿음직스러워 보였다.

불이 꺼진 공장 가운데로는 크고 작은 기계들과 기구들이 자리를 잡고 있었고, 그 뒤쪽으로는 사용하지 않은 포장 상자와 원자재들이 여기저기 쌓여 있었다. 나는 공장 밖으로 뚫려 있는 하늘을 올려다보았다. 이 지난한 농성이 언제쯤 끝나려나. 나는 이마로 흘러내리는 땀을 손바닥으로 털어 냈다. 올 때까지는 볕이 쏟아져 내렸으나 하늘은 어느새 회색 구름으로 덮여 있었다. 습기를 머금은 눅눅한 바람이 한차례 공장 안까지 불어왔다.

공장에서 돌아왔으나 아내는 눈길도 주지 않았다. 말하지 않아도 벌써 안다는 듯 입을 열기도 전에 손사래부터 쳤다. 오른손에 쥐고 있는 핸드폰을 놓지 않고 있는 것을 보면 조금 전까지 또 딸과 통화한 듯했다. 이젠 박 과장도 저쪽으로 넘어간 모양이야, 했으나 아내는 한 번 머리를 힐끗 돌렸을 뿐, 가타부타 토도 달지 않았다. 나는 힘이 빠졌다. 개가 또 짖지 않았는가, 묻고 싶었으나 입을 다문 채 내 방으로 들어갔다.

결국 뜻을 함께할 사람들을 규합하려던 나의 계획은 수포가 된 셈이었다. 믿고 찾아갔던 그들은 모두 방관자에 지나지 않았다. 아내가 바랐던 대화를 통한 해결 방법도 마찬가지였다.

그렇다면 이제는 어떻게 해야 할까. 선풍기를 돌려 땀을 식히면서 나는 머리를 짜보았다. 하지만 안하무인처럼 내 머리 위에서 당당

하게 짖곤 하는 개를 못 짖게 해야 한다는 목
표는 분명했으나 뚜렷한 방법은 떠오르지 않
았다. 더구나 며칠 전 여자가 통고한 대로 프
로레슬러가 언제 처들어올지도 모르는 판국이
어서 긴장을 늦출 수가 없었다. 그런데도 이상
스러운 것은 눈을 감으면 공장에서 보았던 현
수막의 그 시뻘건 글자가 자꾸만 환영처럼 어
른거리는 것이었다. 심 대리를 비롯한 그들
이 얼싸안고 만세 부르는 날이 꼭 와야 할 텐
데…….

　며칠 동안 나는 방안에 박혀 나 몰라라, 하
던 이웃들을 원망하고 있었다. 산책길이나 공
원 등에서 눈길만 마주쳐도 반갑게 인사를 나
누던 사이들 아니었는가. 그런데 이처럼 중차
대한 일 앞에서 어떻게 안면을 바꿀 수 있단
말인가. 따지고 보면 그들 역시 피해자인 셈인
데도 반응을 나타내지 않는 것은 누군가 자기
대신 나서주기를 은근히 바라는 것이 될 터이

고, 또 한편으로는 그만큼 반려견에 대한 인식이 나와는 현격한 차이를 보인다고 할 수도 있었다. 하지만 나는 그게 주민 전체가 아니라는 생각엔 변함이 없었다. 비록 밖으로 드러내고 있지는 않지만 나와 같은 생각을 지닌 주민들이 꽤 많이 숨어 있을 것이라고 여겼다. 그러니까 문제는 물 아래 있는 그들을 어떻게 물 위로 끄집어올리느냐 하는 게 관건인 셈이었다.

결국 내가 며칠 동안 머리를 싸매고 궁리한 끝에 얻어낸 결론은 그들을 끄집어내기 위해서는 단지 곳곳에 현수막을 설치하는 방법밖에 없다는 것이었다. 공장 현장에서 보았던 것처럼 시뻘건 글자를 새긴 현수막. 그러나 그것은 사실 내 머리에서 창안해낸 방법이 아니었다. 딸의 조언으로부터 시작되었다고 볼 수 있었다. 그러나 처음부터 딸이 그것을 제의한 것은 아니었다. 딸은 반려견이 웬만한 사람보다 더 나은 대접을 받는 세상이 되었다는 것으로 시작했다. 그리고는 성대 수술과 중성 수술 등에 관해서 길게 말을 이었다. 성대 수술받게 하는 건 어때요? 그럼, 짖지는 않을 텐데……. 그러다가 불쑥 꺼낸 게 불특정 다수인 이웃을 모으는 방법으로는 먼저 공감대를 형성해 집합시켜야 한다고 했다. 아무리 프로레슬러라고 해도 여러 명이 한꺼번에 덤벼들면 꼼짝달싹 못 하고 두 손 들게 되어 있어요. 요즘이 어떤 세상인데……. 프로레슬러와 싸우지 않아도 된다는 말에 내가 관심을 보이자 딸은 그러기 위해서는 주민들을 동원해서 관리실을 압박하는 방법이 최고라고 일러주었다. 강남이라면 벌써 그렇게 했을 거예요. 제가 몇 번 말했잖아요. 내가 몇 명을 만나 봤으나 소용없었다는 것을 말하자 딸은 방법에 문제가 있다는 것을 지적했다. 방법이 왜 그렇게 고루해요? 다른 방법을 생각해 보세요, 아빠. 그러니까 그때 내 뇌리를 스친 게 현수막인 셈이었다. 공장에서 목격한 뒤 눈앞에서 떠나지 않고 펄럭이던 시뻘건 글자의 현수막. 내 말을 듣자 딸은 바로 그거라고, 큰소리로 깔깔거렸다. 아내도 그 제안엔 찬성이었다. 물론 딸의 조언이라고 전제한 탓도 있었지만, 내 설명을 들은 아내는 나보다 한술 더 떴다.

기왕이면 연판장도 준비하도록 하세요.

연판장?

이 양반은……. 그래야 나중에 개 주인이 뭐라고 해도 옴짝달싹 못 하게 할 수 있어요, 그 여편네까지도. 주민 다수가 자필로 서명한 증거가 있으니까.

그렇군.

그러니까 여태까지 당신이 요 모양 요 꼴인 거에요.

아내의 핀잔이 떨어지자 나는 또 창밖으로 시선을 돌렸다. 며칠째 물기만 머금고 있는 하늘은 그날도 여전히 청회색이었다. 그날은 바람조차도 없었다.

실천이 따르지 않는 계획은 무용지물이나 다름없었다. 현수막 제작은 이틀이 걸리지 않았다. 가격도 비싸지 않았다. '우리의 단잠을 깨우는 개소리를 추방합시다!' '개는 사람이 아니다!' '개 보다는 사람이 먼저다!' 나는 그렇게 새겨진 현수막을 정문 앞에서부터 뒷문, 그리고 공원 입구와 단지를 잇는 도로 주변에 여덟 개 달아맸다. 물론 현수막 아랫부분에는 내 핸드폰 번호를 검은 글자로 새겨두는 것도 잊지 않았다. 또 현수막이 설치된 아래에는 단지 길 건너에 있는 '부활' 재활용센터에서 임시로 빌린 플라스틱 테이블과 의자를 놓고, 그 위에 아내가 주장한 대로 서명 날인 할 수 있는 A4 용지를 볼펜과 함께 여러 장 비치했다. 준비는 물론 내 몫이었다. 주민들의 눈에 잘 띌 수 있는 곳을 미리 선정한 나는 혹시라도 바람에 날

아가지 않도록 나무와 나무 사이를 연결한 끈을 단단히 묶고 훑쳤다. 아내와 딸은 열여덟 개쯤 준비하지, 여덟 개가 뭐냐고 불평했으나 나는 그것만으로도 충분하다고 여겼다. 아파트 단지에는 그렇게 많이 달아맬 공간도 부족할뿐더러 그렇게 많이 매달려 사방에서 펄럭거리면 오히려 주민들에게 피해를 줄 수도 있고, 그것이 역효과를 불러올 수도 있다고 판단한 까닭이었다.

아내는 내 말에 불만스럽다는 듯 입을 비죽이 내밀었다. 그렇지만 다행히 거기에 더 이상 토를 달지는 않았다. 아무 말 없이 시키는 대로 문방구에서 볼펜 몇 자루와 용지를 사 왔다. 등줄기로 땀이 흘러내렸으나 나는 더운 줄도 몰랐다. 그보다는 이것이 정말 개와의 마지막 싸움이 되었으면 하는 마음뿐이었다.

8

　현수막이 내걸린 지 사흘이 지났으나 주민
들은 무엇이 걸려 있는지조차 인식하지 못하
는 것 같았다. 주민 가운데 간혹 낯익은 사람
이 지날 때면 반갑게 달려가 자초지종 엉너리
까지 치면서 서명을 권해보았으나 관심을 기
울이는 사람은 없었다. 오히려 지나가던 나이
든 할아버지는 도대체 이게 뭐 하는 거냐면서
날 더운데 쓸데없는 짓거리 그만두라고 호통
을 치기도 하였고, 또 파마를 뽀글뽀글 한 아
주머니는 좋은 게 좋은 거 아니냐면서 먼발치
에서 손사래를 치기도 했다. 그래도 나는 꼼짝

하지 않았다. 관리실 직원이 나타나 현수막을 철거하라고 몇 번 만류할 때도 심 대리가 가르쳐준 대로 시위법을 들어가며 쫓아버렸다.

또 하루가 저물었다. 그러나 나는 자기 세상인 양 시도 때도 없이 당당하게 짖어대는 개소리를 단지에서 반드시 추방해야 한다는 일념으로 날이 밝자마자 나와서 긴 여름 해가 넘어갈 때까지 자리를 지켰다. 이따금 문자를 보내격려하는 딸과 때가 되면 찬합에 밥과 반찬을 들고나와 중중거리며 한숨을 쉬는 아내가 나에게는 유일한 위로였다.

잘 될까요?

두고 봐. 이렇게까지 하는 데 안될 턱이 있겠어?

걱정하는 아내에게 말은 그렇게 했으나 나 자신도 우려가 되는 건 사실이었다. 이럴 줄 알았으면 아내와 딸의 말대로 열여덟 개를 달아맬 것을 그랬나, 하는 후회스러운 마음이 들기도 했고, 기왕이면 전단지까지 제작해서 뿌릴 걸 그랬나, 하는 생각이 들기도 했다.

그렇듯 성과 없이 또 하루가 지나가던 오후 무렵이었다. 공원에서 본 적이 있는 노랑머리 에어로빅댄스 강사가 상가를 가다가 나를 발견하고는 가까이 다가왔다. 건방지다고 할 만큼 허리가 꼿꼿하고, 노랗게 염색한 머리가 나이와 어울리지 않았으나 사람을 기다렸던 나는 공원에서와는 달리 그녀가 반가웠다. 다시 또 에어로빅댄스를 배우라고 권해도 이번엔 뒷걸음질 치지 않을 생각이었다. 이게 도대체 뭔 일이래요, 눈을 크게 뜨고 묻던 강사는 내가 설명해주자, 그런 일은 주민이 나설 게 아니라 관리실이 먼저 앞장서서 해결해야 하는 것 아니냐고 되알지게 물었다.

이렇게 하기 전까지 왜 찾아가지 않았겠어요? 몇 번씩 가서 따졌지요.

뭐래요?

그럴 때마다 조치하겠다고 하지만 말뿐이었어요. 오죽 답답하면 이렇게 직접 나섰겠습니까? 아니, 개소리 하나 제대로 처리 못 하는데, 주민이 어떻게 관리실을 믿겠어요? 안 그래요?

그래요. 자기들이 누구 덕에 밥술을 먹고 사는데…….

길게 늘어뜨린 강사의 노랑머리가 내 눈에는 그날따라 유난히 도도해 보였다.

그날 자진해서 연판장에 서명한 강사는 다음 날엔 공원에서 에어로빅댄스를 하는 단지 아주머니들을 몽땅 데려오겠다고 약속했다. 나는 그녀의 손을 잡고 한동안 놓지 못했다. 아줌마들의 힘이란 게 이런 건가, 비로소 서광이 비치는 것 같았다. 잠시 뒤 찬합을 들고나온 아내도 내 이야기를 듣고는 기쁜 듯 활짝 웃었다. 아내의 웃는 모습을 보는 게 얼마만인가, 나는 하얀 앞니를 모두 드러내고 웃는 아내의 얼굴에서 한동안 눈을 떼지 못했다.

강사는 정말 약속을 지켰다. 긴가민가했으나 다음 날 아침 약속대로 정말 여러 명의 아주머니를 대동하고 씩씩하게 나타났다. 공원에서 보았던 것처럼 길고 큰 손가방 하나씩을 들고 우르르, 몰려온 아주머니들은 모두 아홉 명인데 연령대가 같지는 않았다. 물론 대부분이 강사 또래였으나 그중에는 삼사십대로 보이는 젊은 여자도 두어 명 끼어 있었다. 그녀들을 보는 순간, 나는 천군만마를 얻은 듯 힘이 솟았다.

공원에서처럼 몸을 흔들며 와자하게 웃고 떠드는 바람에 잠시 혼란스럽기는 하였으나 아주머니들은 사전에 강사한테 상황을 들어 알고 있다는 듯 모두가 적극적이고 긍정적이었다. 서로 다투어가면서 서명을 마친 그녀들은 곧장 관리실을 향해 돌진할 기세였다.

소장은 도대체 뭐 하는 작자야?

복지부동도 유분수지, 이런 민원 하나 제대로 처리하지 못한다면 옷 벗어야 하는 거 아니에요?

이런 때 입주자대표는 또 뭐 하고 있는 거야? 코빼기도 비치지 않고…….

아주머니들의 입에서는 막말이 거침없이 쏟아졌다. 그런데 이상한 것은 그녀들이 중구난방 쏟아내는 그 막말들이란 게 내 귀에는 하나같이 폭포에서 떨어지는 물줄기처럼 시원하게 들린다는 것이었다.

영주 엄마도 개소리 들었어?

빨간 티셔츠를 입은 아주머니가 갈색 머리 아주머니를 돌아보며 물었다.

듣기만 해? 난 그 개도 봤어. 공원에서 마주쳤는데 시커먼 게 정말 송아지만 하더라니까. 얼마나 무섭던지…….

두 팔을 한껏 벌린 영주 엄마란 아주머니가 머리를 설레설레 흔들었다.

그 말이 끝나자 이번엔 긴 생머리를 뒤로 깡똥 묶은 조금 젊은 아주머니가 끼어들었다.

저도 들었어요. 우리 집은 창문이 돌아앉아 잘 들리진 않지만, 그래도 한밤중에 들려올 땐 정말 신경이 곤두서더라고요. 아이들도 짜증을 부리고. 그래도 저는 그러다 말겠지, 했어요. 그런데 이제 보니까…….

그러니까 이건 주민들이 모두 나서서 반드시 막아야 해. 아파트는 공동생활을 하는 곳이잖아? 공동생활엔 반드시 지켜야 할 질서가 있는 것이거든. 그 질서가 뭐겠어? 개 보다는 입주민들의 인권이 먼저라는 데서부터 출발해야 하는 거 아니겠어? 여기 현수막 글자처럼.

관리실이 매일같이 경고 방송을 내보내면 제가 아무리 낯짝이 두꺼운 철면피라도 꼬리를 내리지 않겠어요? 안 그래요?

나는 그녀들에게 전날 강사에게 했던 것과 똑같이 개 주인이 프로레슬러 같아서 왜소한

나 혼자서는 상대하기가 버거웠다는 것과 송 곳니가 유난히 날카로운 그 검은 개의 모양과 당장 잡아먹을 듯 쏘아보는 매서운 눈매, 그리고 그동안 찾아다녔던 이웃들의 무관심과 그것 때문에 지병이 더 심해진 아내의 고통까지 알리고, 그동안 내가 관리소장에게 여러 차례 주지시켰던 공동주택관리법에 기재된 층간소음 방지법에 대한 것을 다시 차근차근 설명해 주었다. 그녀들은 내 말을 하나도 흘려듣지 않는 것 같았다. 내가 말을 마치자 숨을 한차례 길게 내뱉은 강사는 내 등을 두드리면서 내일은 더 많이 데리고 오겠다고 약속했다. 그래도 모자라면 이번엔 이웃 아파트 단지의 에어로빅댄스 회원들까지 모조리 몰고 올 테니까 걱정하지 말라면서 환하게 웃었다. 오늘, 안되면 내일, 내일 안되면 모레, 이런 일은 길게 잡고 끈질기게 싸워야 한다면서 지쳐 쓰러지면 지는 거라고도 했다.

법이요? 그런 거 믿지 말아요. 그거 믿다가는 지레 늙어 죽어요. 이런 건 그냥 힘으로 밀어붙이는 방법밖에 없어요. 요즘 세상 돌아가는 게 다 그렇잖아요?

머리를 끄덕거리며 강사의 말을 잠자코 듣고 있던 나는 문득 그녀의 얼굴에서 음성 공장의 심 대리를 떠올렸다. 그는 지금쯤 무엇을 하고 있을까.

매일 방송하고, 그래도 개가 또 짖으면 이번엔 단지 안의 남자들까지 모두 동원해서 그 집 앞에서 아주 며칠이고 텐트를 칠 거야. 우리가 누군데!

강사는 자신 있다는 투였다. 강사가 허리를 뒤로 젖히고 크게 웃자 그때까지 떠들며 부산을 떨던 여자들도 모두 따라 깔깔거렸다. 그녀들의 싱싱한 웃음소리가 사방으로 힘차게 퍼져나갔다.

자, 모두 준비되었어요?

넵!

좋습니다. 그럼 바로 출발합시다!

한동안 웃고 떠들던 여자들은 강사가 길거리로 내려서서 관리실을 향해 앞장서자 너나없이 우르르, 몰려갔다. 나는 마스크를 단단히 고쳐 쓰고 의기양양하게 잰걸음을 놓는 그녀들의 뒷모습을 바라보면서 어쩌면 현수막을 내릴 날이 예상보다 빨리 올지도 모르겠다고 생각했다. 그만큼 반바지 아래로 드러난 그녀들의 튼실한 종아리가 왠지 나를 믿음직스럽게 했다. 사실, 용기를 내어 나서기는 했지만, 여름날 땡볕 아래에서 자리를 지킨다는 건 쉬운 일이 아니었다. 이 악물고 버텨야 했다. 지나가는 주민들이 손가락질할까 봐 지쳐도 지친 기색조차 할 수 없었다. 그렇다면 심 대리 역시 그런 심정으로 지금 동굴 같은 공장을 지키고 있는 게 아니겠는가. 나는 그 자리를 고수하고 있을 그의 처연한 얼굴이 떠올랐다.

오후가 되자 흐렸던 하늘에서 마침내 빗방울이 후드득, 떨어지기 시작했다. 지루하게 이어지던 가뭄이 이윽고 끝나는 모양이었다. 나는 하늘을 향해 두 손을 번쩍 쳐들었다. 정말 오랜만에 맞아보는 빗방울이었다.

◆ ◆ ◆
소
설
론

나는 나답게, 당신은 당신답게

1

출판사가 출간 조건으로 '나의 소설론'을 써 달라고 청탁한 탓에 쓰기는 하지만, 자기 작품을 자기가 논평한다는 게 어딘지 모르게 쑥스럽고 낯 간지러운 일이어서 망설여지는 것은 사실이다. 하지만 출판사의 기획이 그렇다는데 어떻게 할 것인가. 그러나 한편으로는 이 기회에 출간할 작품은 물론이고, 그동안 발표했던 다른 작품들까지 두루 돌아볼 수 있는 시간을 준 데 대해서는 고맙다는 생각이 들기도 한다.

소설이 사람 사는 작은 이야기에서 출발한다는 데 이의를 제기할 사람은 아마도 없을 것이다. 왜냐하면 지금까지 소설이란 사람을 떠나서는 존재하지 않았고, 시대와 사회의 모순과 부조리, 아픔과 고통을 안고 내려왔기 때문이다. 그래서 소설은 체험을 자양분으로 자란다고 하지 않는가. 그렇게 보면 세상에서 소설만큼 쉬운 것은 없을 듯도 하다. 그러나 한 평생 문학에 뜻을 두고 살아왔고, 또 등단한 지어언 40년이 되었으나 내가 걸어왔고, 또 걸어갈 소설의 길이 앞으로도 요원하다는 생각이 드는 것을 보면 꼭 그렇지만도 않은 것 같다. 본디 아둔한 탓에 그런지는 모르겠으나 쓰면 쓸수록 점점 더 어렵다는 게 내 솔직한 고백이다.

살펴보면 내 소설의 발단은 고향을 떠나온

코흘리개 시절부터 시작되었다고 할 수 있다. 6살에 부모 손잡고 내려온 서울에서의 생활은 나에게 충격을 주기에 충분했다. 혹독한 겨울과 낯선 환경, 그리고 배고픔. 어린 시절이었지만 내성적이었던 나는 그 낯선 충격에서 금방 벗어나지 못했다. 평양 대타령 대동정미소 집 둘째 아들의 둘째 손자로, 늘 응석받이로 넉넉하게 살던 시절을 쉽게 버릴 수 없었던 나는 골목에 나가도 아이들과 어울리지 못한 채 동떨어져서 외톨이로 지내기 일쑤였다. 그게 바로 디아스포라 인의 아픔이고 슬픔이라는 것은 나이가 한참 더 든 뒤에야 알게 되었다. 그러니까 강요에 의해서든 자발적 동기에 의해서든 변화된 환경에 쉽게 정착하지 못하고 주위로부터 소외될 수밖에 없었던 나는 나도 모르게 디아스포라 2세대로 전락한 셈이었다. 그렇게 보면 내 문학은 디아스포라 2세대 문학이라고 불러도 될 것 같다. 뿌리를 내리지 못하고 떠도는 유민들의 삶과 잃어버린 고향에 대한 그리움. 디아스포라 인들이 겪는 고통의 원인은 물론 그 외도 많을 터이지만 대개 거기에서 출발한다고 할 수 있다.

서울신문 신춘문예 당선작인 「접목」 역시 그 맥락에서 벗어나지는 못했다. 평론가들이 분단문학이라고 분류하는 그 소설 역시 따지고 보면 디아스포라의 아픔을 겪고 있는 우리의 이야기, 즉 내가 어릴 적 주변에서 목격한 체험에 상상적 허구를 조금 덧붙인 것에 불과했기 때문이다. 이야기는 아주 간단하다. 전쟁으로 고아가 된 화자가 아내와 함께 자신을 길러준 아버지, 즉 부자의 관계는 맺었으나 전혀 피가 섞이지 않은 사람의 산소를 어느 날 찾아가 성묘하는 게 현재 서사인데, 그것을 좀 더 입체적으로 그리기 위해서 남남인 관계에서 맺은 아버지의 지고지순한 사랑의 토막과 낚시를 비롯한 일화 등을 에피소드 형식을 빌려

과거로 교차시켰다. 그 작품에서 특히 강조하고 싶었던 주제는 두 사람 모두 외적인 상황에 의해서 어쩔 수 없이 디아스포라 인의 신세가 되었지만, 사랑을 통해 하나가 되고, 그 사랑으로 불행을 치유 받고 극복하는 과정을 나타내려고 했다는 점이다. 제목인 '접목'이 의미하는 것도 뿌리가 다른 나무끼리 사랑으로 하나가 된다는 것을 드러내기 위한 것이었으며, 월척을 낚는 현재 장면을 통해 아내와의 배태를 암시하는 것 역시 그 사랑으로 인해 이 땅에 뿌리를 내리기 시작했다는 것을 우회적으로 보여주고자 한 것이다. 일테면 휴머니즘을 드러내고자 했다고 할 수 있다.

우리의 의식은 누구나 불행에 대해서는 매우 민감하기 마련이다. 더구나 그게 외적인 사건이 원인일 경우는 그 척도가 더 클 수밖에 없다. 대부분의 디아스포라 문학이 이 같은 불행을 배경으로 하여 서사가 시작되는 공통적인 이유가 거기에 있다. 그래서 대부분 행복보다는 늘 불행한 삶을 그려내고 있는 게 디아스포라 문학이다. 나도 마찬가지이다. 어릴 적 그런 환경에서 성장한 나는 그만큼 불행을 안고 살았다고 할 수 있으니까……

고교 시절 한때 나는 내가 왜 불행할까, 고민한 적이 있었다. 그리고 그 같은 자문은 죽음까지 생각할 정도로 심각했다. 그런데 그 해답은 정말 우연한 기회에 어느 책에서 쉽게 얻을 수 있었다. 제목은 기억이 나지 않지만, 그 책에 이렇게 쓰여 있었다는 것만큼은 지금도 분명히 기억하고 있다. '불행은 자신이 불행하다고 여기기 때문인데, 그걸 벗어나고 싶은가. 그렇다면 한 가지, 자신이 좋아하는 것을 열중해서 하라'는 것이었다. 그 문장을 읽고 나는 머리를 끄덕였다. 이렇게 쉬운 걸 왜 여태 모르고 방황했단 말인가. 그렇다면 나에게는 하나밖에 없었다. 그 시절 내가 심취했던 것은 문학이었다. 남들보다 특별히 뛰어나다고는 할 수 없지만 그래도 문학을 한다는 친구들과 어울려 다니면서 전국 규모의 상도 몇 번 받았고, 또 내 아지트는 늘 문예반이었으니까. 그뿐만이 아니었다. 중학교 때는 『용담』이라는 타블로이드 판형의 월간지까지 발행하면서 연재소설을 발표하기도 했다. 결국 문학은 그 뒤 나에게 문학적 성과물만 준 게 아니라 그때까지 내성적이었던 내 성격도 진취적이고, 적극적이고, 도전적으로 바꾸어놓은 셈이다.

처음 내 문학의 시발점은 시였다. 시 속에 내포되어있는 신비한 의미를 찾아가는 게 무엇보다 즐거웠다. 그때부터 어려운 시, 쉬운 시를 가리지 않았다. 읽고, 쓰고, 또 좋다고 생각되면 필사와 암기도 불사했다. 그렇게 하다 보니까 학교 공부는 자연스럽게 내려놓다시피 하게 되었다. 왜 그렇게 미친 듯 극성스럽게 덤벼들었는지는 알 수 없지만, 아무튼 그런 짓거리를 한 것만큼은 분명했다. 어찌 보면 그것이야말로 그때까지 나를 에워싸고 있던 불행을 잊고, 또 이기기 위한 나만의 방법이라고 생각했는지는 알 수 없지만…….

내가 본격적으로 소설을 쓰기 시작한 게 언제였는지는 확실하지 않다. 다만 시보다 소설이 사람들에게 사회와 시대를 좀 더 구체적으로 폭넓게 알리고, 감동을 줄 수 있는 방식으로 적합하지 않을까, 갈등하던 시절이 있었는데 그게 고등학교 2학년 무렵인 것만큼은 분명하다. 어느 날, 우연한 기회에 김동인의 「감자」를 읽게 되었는데, 그게 계기가 되지 않았나 생각한다. 얼마나 탐독했는지, 그 작품을 달달 외울 정도였으니까…….

하지만 시와 달리 소설은 번번이 실패했다. 체험을 바탕으로 쓰는 게 아니라 순전히 상상력만으로, 그것도 재주 하나 믿고 손가락으로 쓰려고 덤빈 게 실패의 원인이라는 걸 그러나 그때는 인식하지 못했다. 소설창작은 소소한 것에서 출발해야 하는데도 불구하고 너무 큰 것, 즉 귀동냥으로 들은 불안한 국가 정세나 경제로 인한 피해, 또는 세계 평화와 같은 것에 눈을 돌리고 헛심을 쓴 탓이었다. 세밀한 것에 매달리지 못하면 전체를 보여줄 수 없다는 것도 몰랐다. 또 시적인 문장으로 인해서 객관화에 실패한 것은 물론, 감정 유입까지 되었다는 것도 알지 못했다. 무엇이 잘못되었고, 무엇을 그려야 한다는 것도 모른 채 나는 그때마다 내 작품을 알아주지 않는 세상을 향해 욕설과 비난을 쏟아냈으며, 그 울분을 술로 달래곤 하였다. 그렇듯 해답을 얻지 못한 채 보낸 좌절과 방황의 시간이 꽤 길게 이어졌다.

그러니까 정말 소설이 무엇이며, 어떻게 써야 할까, 하는 점을 깨닫기 시작한 것은 그렇게 몇십 번 실패를 거듭한 뒤에야 비로소 조금

씩 눈을 떴다고 봐야 한다. 그러나 그때는 이미 심신이 몹시 지쳐 있어 소설창작뿐만 아니라 삶에 대한 열정조차 식어갈 무렵이었다. 어두운 터널 속에 갇혀서 허송세월하던 내가 다시 소설을 써야겠다고 마음을 다잡은 것은 「접목」을 쓸 무렵이었다. 그러니까 그 「접목」을 시발점으로 하여 나의 소설 문학은 본격적으로 시작되었다고 볼 수 있다. 그 작품 이후 봇물 터지듯, 분단의 질곡에서 뿌리내리지 못한 시절을 숨 가쁘게 견디어온 사람들의 아픔과 절규 등을 작품에 담아냈다. 체험에서 비롯된 것들인 까닭에 사실성을 담보로 하고 있었다. 「분실 시대」, 「환절기」, 「삼촌의 모자」, 「샛강」, 「입춘 부근」, 「눈 오는 날」 등은 모두 그때 발표한 내 이웃, 또는 우리 가족 이야기였다. 그러나 그때 발표한 나의 작품 대부분이 디아스포라로 살아가는 그들의 현실을 중심으로 그려냈을 뿐 분단을 극복할 대안이나 통일을 향한 구체적 방안 등은 제시하지 못했다는 아쉬움을 남긴 건 사실이다.

2

소설을 잡은 지 40년이 되어가다 보니까 이제야 조금씩 소설이 무엇인지, 어떤 소설이 좋은 소설인지, 어떻게 써야 하는지 눈에 들어오기 시작한다. 또 하나 특기할 것은 분단문학, 즉 디아스포라 문학에서 비로소 벗어날 만큼 시야가 조금 넓어졌다는 점이다. 물론 아주 벗어난 것은 아니어서 아직도 가끔은 「앉지 못하는 새」, 「집」 등 디아스포라의 불행과 아픔이 숙명처럼 나를 묶고 있는 건 사실이지만, 그래도 그동안 분단 현실에 대한 아픔과 이산가족에 대한 그리움만을 고집하던 시야에서 서서히 벗어나고 있다는 것은 내 소설적 영역으로 볼 때 다행스러운 일이 아닐 수 없다.

그것은 바로 작품들로 나타났다. 지금까지 살아온 70여 년의 체험이 상상과 더불어 나의 창작혼을 자극하여 다른 종자의 나무들을 여러 그루 심어 자라게 한 것이다. 더구나 그때부터는 세상 질서 속에 묶여 있는, 그래서 사람들이 의식하지 못한 채 당연하게 받아들이고 있는 시대와 사회의 모순과 부조리 등에 대하여도 눈길이 가기 시작했다. 다시 말하면 사람들이 꾸고 있는 꿈, 즉 고통을 감수하면서도 그 꿈을 이루기 위해 부단히 노력하는 '이상적 자아'와 같은 욕망에 관심을 기울이게 되었다는 것이다. 그것에 대해 눈을 뜨자 지금까지 한정되었던 소재와 주제의 범위가 넓어지고 서사를 이끌어가는 인물의 다양한 양태의 형상화에도 능동적으로 대처하게 되었다. 소설의 요소들이 갖는 특성과 또 그것들이 서로 톱니바퀴처럼 유기적 관계를 맺게 하는 방법, 소설이 소설답다는 것은 무엇인지 등, 작법에 관해 비로소 인식하기 시작한 셈이다.

물론 그 이전에도 이런 것을 의식하지 않은 채 작품을 창작한 것은 아니었다. 그러나 이를 본격적으로 시도한 것은 아마 내가 잠시 절필하고 쉬었던 시기에서 깨어난 1990년대 중반부터가 아니었나 생각한다. 쉰다는 것은 나에게는 휴식이 아니었다. 잠시도 가만히 놓아 주지 않는 소설창작에 대한 열망이 나를 더욱 괴롭힌 시간이라고 할 수 있었다. 그 뒤 다시 발표하기 시작한 작품들을 묶은 창작집이 『시계탑이 있는 풍경』, 『길에서 길을 보다』, 『앉지 못하는 새』, 『아주 이상한 가출기』였다.

이제 본론으로 넘어가 여기 수록된 「개들의 전쟁」에 대해 이야기해보자.

「개들의 전쟁」 역시 그 맥락에서 살펴봐야 할 것 같다. 사실, 개라는 동물을 중심 소재로 쓴 작품이 그게 처음은 아니었다. 이미 『분실 시대』에 실린 「우화」와 『시계탑이 있는 풍경』의 「슬픈 영화를, 보다」란 단편에서도 개를 대상으로, 그것들의 슬픈 운명을 작품화한 적이 있다. 「우화」는 보신탕용으로 죽어가는 개의 시선으로 바라본 세상 사람들의 몰인정한 작태를 그린 작품이고, 「슬픈 영화를, 보다」는 자신들이 좀 더 즐겁게 살기 위해 유기시키는 개의 슬픈 이야기를 의인법으로 그렸다. 다만 다른 점은 그 작품 속에 등장하는 '개'는 '개'지만, 의인법을 통해 개보다 못한 사람들이 지닌 욕망과 이기심 등을 드러내기 위한 대상으로 설정했다는 점이다. 의인법으로 그린 까닭에 사실성이 떨어져 그만큼 세인의 관심을 끌지 못했다는 점은 지금도 아쉬움으로 남는다. 또 하나는 『아주 이상한 가출기』에 실린 표제작인데, 이 작품은 반려견에 대한 가족의 편애 때문에 오히려 가출을 감행하는 늙은 가장의 아픈 심경을 그렸다. 비록 3일 가출에 불과하지만 이를 통해 이 시대가 안고 있는 반려견에 대한 편견이 얼마나 크고, 또 일방적인가 하는 점을 빗대어 나타내면서 동시에 가족 관계에서 소외된 늙은 가장을 통해 비틀어진 이 시대의 가족관을 표현하고자 했다.

그에 비하면 개가 중심이 아닌 「개들의 전쟁」은 출발부터가 그 작품들과는 전혀 다른 구조로 짜여 있다. 이 작품에 등장하는 '개'의 역할은 제한된 공간인 아파트라는 공동생활권에서 등장인물의 가족을 암묵적으로 위협하고 억압하는 상징물이며, 이는 또한 우리가 처해 있는 현실적인 사회 환경과도 긴밀한 관계를 맺고 있는 존재이다. 따라서 일인칭 화자인 '나'와 '아내'에게 '개'가 직접적으로 위해를 가하는 상황은 벌어지지 않는다. 다만 암묵적 폭력을 가하는 존재로 '개'와 개 주인은 작품이 끝날 때까지 시종 긴장을 유지하도록 장치했다.

또 하나는 '개들'이란 제목에서 알 수 있는 것처럼 복수형의 '개'가 지닌 의미의 중의성이다. 작품에 드러나는 '개들'은 비단 송아지만큼 크고 날카로운 이빨을 가진 윗집 개만을 나타내려고 한 것이 아니다. 그렇다고 주민들의 불편과 불만을 도외시하는 프로레슬러 같은 개 주인을 나타내려고 한 것만도 아니다. 이를 통해 근로자들을 무시한 채 암암리에 회사를 팔아넘기려는 경영자들의 이기심과 욕망은 물론이고, 공금을 횡령한 백 차장과 결국은 가진 쪽에 빌붙은 양 대리와 박 과장, 또 거기에 합세한 다수의 근로자를 통해서 자본주의의 속성을 드러내고자 했으며, 또 남의 일인 듯 외면하는 단지 안의 관리소장과 주민들을 통해 개인주의의 속성까지 우회적으로 보여주고자 했다. 이는 사람이긴 하지만 사람 노릇을 제대로 하지 못하는 존재, 어찌 보면 우리가 천대시하는 '개'보다도 못한 존재라는 것을 복합적으로 드러내고자 시도한 것이다. 타자의 고통에 대한 무관심과 외면, 그리고 그것이 아무렇지 않게 받아들여지는 개인주의가 팽배해진 사회……. 나는 이 작품을 통해서 이 시대가 안고 있는 그 같은 문제점을 윤리적 차원에서 고발하고, 통렬히 반박하고자 했다. 그러니까 서로 속고 속이는 것이 일상처럼 되어 있고, 자신의 고통이 아니면 무관심으로 일관하는 이런 사회를 우리는 과연 공동체라고 부를 수 있을까, 하는 물음이 이 소설의 핵심 주제라고 할 수 있다. 그렇게 볼 때 등장인물인 '나'는 개인적 '나'가 아니라 이 시대를 사는 다수의 소시민, 즉 아내를 무서워하면서도 사랑하고, 힘없는 것 같으면서도 끈질긴, 작은 자들을 대변하는 익명성을 지니고 있다고 할 수 있다.

우리는 장소라는 공간적 배경 속에서 활동

하는 주체이다. 따라서 특정한 장소에서 받은 기억은 과거에서 현재로, 그리고 미래로 연결되게 마련이다.

고양시 숲속 마을에 몇 년 동안 거주하고 있을 때였다. 그때 우리 부부는 2층에 살았는데, 어느 날 3층에 입주해온 집의 개가 밤마다 짖어대는 통에 긴 시간 어려움을 겪은 적이 있다. 여러 차례 개 주인을 찾아가 종주먹을 들이대고 욱대기며 따져도 보았으나 이 소설처럼 아무 소용이 없었다. 한정된 공간에서 받은 이 층간소음은 그 뒤 이사한 다음에도 한동안 트라우마로 남아 나를 괴롭혔다. 그러니까 그때 받은 충격이 이 작품을 쓰게 된 직접적 동기가 된 셈이다. 또 하나, 작품 속에 등장하는 공원 역시 그 시절 내가 자주 오르내리며 사색하던 인근의 '식골공원'을 모델로 삼은 것이다.

그러나 이 작품을 구상할 때 처음부터 나는

독자들에게 아주 작고 힘없는 사람들이 하나로 뭉침으로써 승리를 예감할 수 있도록 설정했다. 다시 말하면 이 작품의 결말은 에어로빅 댄스를 가르치는 강사와 여자, 즉 존재감이 없어 보이는 단지 안의 아주머니들 몇 명이 관리실을 향해 몰려가는 것으로 일단락을 짓고 있는데, 이는 이름 없는 부류들이지만 그들이 힘을 합치면 막강해진다는 희망을 나타내고 싶다는 작의에서 비롯된 것이다. 즉, 그들의 힘이 대책이고 방법이라는 것을 알려주고 싶었다. 또 하나는 소설 속 인물이 변화한다고 할 때, 약자이며 주변 인물에 지나지 않는 화자인 '나'의 변화이다. 눈에 보이지 않는 폭력과 맞서 싸우는 '나'는 늘 패배만 거듭하지만 포기하지 않고 싸워 결국은 승리를 예감케 한다. 농성의 결말 역시 마찬가지이다. 작품에서는 농성의 결말을 확실하게 드러내지 않았으나 그 역시 펄럭이는 현수막과 붉은 글씨라는 상징적 사물을 공유함으로써 자본주의에 항거하는 모습을 우회적으로 담아내고자 했다.

소설은 인간 존재의 확인, 또는 인간이 처한 조건에 대한 성찰이다. 이는 소설이 가지고 있는 목적, 즉 인간과 사회를 탐구한다는 것과도 그 맥락을 같이 한다고 볼 수 있다. 그렇다면 우리 삶의 무력감과 불가항력을 나타내는 최고의 장치란 바로 소설이 아니겠는가. 이 작품을 구상할 때 제일 먼저 떠올린 것은 '개 같은 세상'을 어떻게 형상화할까, 하는 점이었다. 우리는 흔히 '개'라는 존재를 '비천한 대상'으로 여긴다. 사람도 마찬가지이다. 사람답지 못하면 '개'보다도 못한 존재로 취급받기 일쑤이다. 다시 말하지만, 「개들의 전쟁」은 그러니까 그런 의미에서 출발한 작품이라고 할 수 있다.

3

예술작품에서 중요한 것은 조화와 비율과 통일성이다. 이것 가운데 어느 것 하나라도 빠지거나 모자라면 작품의 완성도가 떨어지는 것은 두말할 필요가 없을 것이다. 물론 이는 회화에서 비롯된 것이기는 하지만, 문학도 예외가 되지는 못한다. 그러나 여기에도 함정은 있다. 어떤 작가가 늘 똑같은 패턴으로 이를 맞춰간다면 문제가 있게 마련이다. 만약 그것을 알면서도 답습한다면 이는 자신에게 주어진 사명을 다하지 못하는 작가라는 불명예를 안게 될 것이고 결국은 단명하고 말 게 틀림없다. 왜냐하면 문단이란 냉엄한 현실이니까.

그런 까닭에 소설가란 그 혼이 늘 깨어 있어야 한다. 살아있는 오감으로 그 시대와 사회를 직시하기에 부족하지 않도록 늘 자신을 채찍질해야 하고 무엇을 어떻게 쓸까 고민해야 한다. 고정된 틀에 갇혀 소설을 쓴다면 자칫 죽은 소설이 되기 쉽고, 작가 자신 또한 자신에게 정직하지 못하게 된다. 그것이 비록 자신이 창안해낸 자신만의 고유한 틀이라고 하더라도 마찬가지이다. 한두 번 사용한 후에는 과감히 그것을 폐기할 줄 알아야 하는 게 작가정신이다. 양식 있는 작자라면 모름지기 신인 정신으로 작품을 창작해야 한다는 것, 즉 늘 신인처럼 새로운 형식, 새로운 주제와 소재를 탐색, 추구해야 한다는 게 내 신념이다. 문장과 문체, 이야기하는 방식 등도 그렇다. 그럴 때 실패를 두려워해서는 아니 된다. 이는 문학이 학문이 아니라 언어예술인 까닭이고, 예술에는 정도나 왕도도 없으며, 어떤 기준이나 원칙도 존재하지 않기 때문이다.

요즘 들어 내가 관심을 기울이는 쪽은 노인 문제와 종교 문제이다. 종교 문제는 존재론적 차원에서 다룰 생각이므로 앞으로도 작품이

탄생하기까지는 얼마만큼의 시간이 더 소요될 터이지만, 노인 문제는 벌써 지면을 통해 여러 번 발표한 바가 있고, 또 그만큼 독자들의 관심도 받은 바가 있다. 매해 급증하는 노인 문제는 저출산 문제와 함께 지금 우리 사회의 커다란 문제로 떠올라 있다. 나는 그 가운데에서도 특히 소외된 노인들의 가족 관계와 질병, 사랑에 초점을 맞추고 있다. 사실 노인이라고 해서 사랑하지 말라는 법은 없지 않은가. 그런데도 젊은이들이 나누는 사랑과 달리 그들의 사랑에는 많은 제약과 장애물이 따르고 있다. 자식, 재산, 질병, 사회적 인식…… 그 외로도 그들의 사랑을 방해하는 요소는 곳곳에 깔려 있다. 왜 그래야 하는가. 왜 그들은 그것을 과감히 털어내지 못하는 걸까. 왜 자유롭고 아름다운 사랑을 마음껏 누리지 못하는 것일까.

1990년 여름에 나는 우연히 일본을 방문한 적이 있었다. 그때 내가 목격한 것은 일본의 노인 문학이었다. 일본은 그때 벌써 노인 문학이 베스트셀러에 오를 정도로 한창 꽃을 피우고 있었다. 한국에서는 '노인 문학'이라는 낱말조차 생소하게 여기던 시절인데⋯⋯.

노인 문제는 또한 지금 내가 당면한 문제이기도 하고, 또 우리 가족의 문제이기도 하며, 이웃의 문제이기도 하다. 물론 여기에서도 가능하다면 디아스포라의 아픔을 한평생 안고 사는 실향민인 노인들의 삶과 그 후손까지도 다루어볼 생각이다. 그것 역시 지금 내가 겪고 있는 체험이니까.

또 하나는 병든 지구와 친환경, 신자유주의와 양극화 현상에 따른 사회적 문제들이다. 욕심인지는 모르지만, 그들로 인해 피해당하고 있는 저소득층과 주변인들의 삶을 있는 그대로 작은 것부터, 아주 작은 것부터 살펴볼 생각이다.

그렇다. 앞으로 나에게 주어진 생명의 연한

이 얼마 남았는지는 알 수가 없다. 또 건강도 장담하지 못한다. 그러나 분명한 것은 생명이 붙어 있는 한 나는 한시도 한눈팔지 않고 황소처럼 소설창작에 매진할 것이다.

소설은 무엇보다 개성이 생명이다. 개성은 참신성을 담보로 한다. 세상 곳곳에 널려 있는 글감을 포착하면 그것을 바라보고 해석하는 것부터 참신해야 하고, 또 그렇게 해석한 것을 형상화 시키는 과정도, 그것을 작품으로 표현하는 것 역시 그래야 할 것이다. 누구의 작품을 모방하거나 닮아가려고 한다면 그것은 모창 가수에 지나지 않는다. 독자는 설혹 조금 서툴더라도 참신한 개성을 지닌 작가를 찾게 마련이다. 그러므로 누가 뭐라고 하더라도 '나는 나답게', '당신은 당신답게' 쓸 때 독자는 그 작가를 기억할 것이며, 외면하지 않을 것이다. 그렇게 되면 지금까지 우리를 떠났던 독자들도 다시 돌아올 것이고, 그들이 돌아온다면 작가들은 자신의 이름 석 자를 더욱 자랑스럽게 내세울 것이며, 우리 소설 문단 역시 더욱 풍성해지지 않겠는가. 사실 독자가 없는 문학이란 상상조차 할 수 없는 일이다. 또 존재할 가치도 없다. 그런 의미에서라도 이제는 정말 치열한 작가정신으로 자기의 개성을 갈고 닦는 작가들이 많이 나왔으면 하는 마음이다. 물론이 말은 지금 내가 나에게 약속하는 다짐이기도 하다.

개들의 전쟁

초판 1쇄인쇄 2024년 8월 28일
초판 1쇄발행 2024년 8월 30일

저 자 정수남
발행인 박지연
발행처 도서출판 도화
등 록 2013년 11월 19일 제2013 - 000124호
주 소 서울시 송파구 중대로34길 9-3
전 화 02) 3012 - 1030
팩 스 02) 3012 - 1031
전자우편 dohwa1030@daum.net
인 쇄 유진보라

ISBN l 979-11-92828-60-2 *03810
정가 15,000원

도화道化, fool는

고정적인 질서에 대한 익살맞은 비판자,
고정화된 사고의 틀을 해체한다는 뜻입니다.